CATALOGUE

DE

BONS LIVRES D'OCCASION

Anciens et Modernes

MUSIQUE

OUVRAGES RÉCEMMENT PARUS

En vente aux prix marqués

A LA LIBRAIRIE

Ernest FLAMMARION & A. VAILLANT

Galeries de l'Odéon, 1 à 9, et 4, rue Rotrou, PARIS

A partir de 25 fr. tous les Envois sont expédiés franco dans toute la France

ACHAT DE BIBLIOTHÈQUES

Nous avons à la disposition de notre clientèle un grand assortiment de Livres français et étrangers, Musique, Papeterie, Maroquinerie, Articles de dessin et de bureau, ainsi que toutes sortes d'ouvrages d'occasion et nous nous chargeons de fournir les ouvrages de tous les éditeurs parisiens **avec des remises importantes** *ainsi que tous les articles dont nos clients pourraient avoir besoin.*

ENVOI FRANCO DES CATALOGUES DE LIBRAIRIE, GRAVURES, MUSIQUE, PAPETERIE

OUVRAGES RÉCEMMENT PARUS

AFRIQUE DU SUD (L'). Un siècle d'injustice publié sous les auspices de M. Reitz, secrétaire d'Etat de la République Sud Africaine, broch. in-8. Net 1 fr.

ALANIC. Mathilde Norbert Dys. Roman. 1 vol. in-18. (3 fr. 50) Net 3 fr.

Dans le paysage frais d'un village, un jeune artiste s'éprend d'une très simple et très charmante jeune fille.

Comment l'auteur, malgré les événements qui viennent à la traverse, ne laisse pas échapper le bonheur qu'il avait découvert, c'est ce qu'un nombreux public voudra lire dans ce roman, animé et pittoresque, qui peut parfaitement être mis dans toutes les mains.

ALBANA (Marguerite). Le Corrège, sa vie et son œuvre, précédé d'un essai biographique sur Marg. Albana par Schuré. 1 vol. in-16. (3 fr. 50) Net 3 fr.

BAIHAUT (Charles). La vie anxieuse. Fini de rire. 1 vol. in-18 (3 fr. 50) Net 3 fr.

Dans la première partie : *Chair à misère*, l'auteur, dépeint une petite ville de province, troublée par la politique, et une exploitation de houille, menacée par le grisou ; il promène le lecteur parmi la sérénité des bois, jusque sur une cime que couronne, en face des calmes horizons, le presbytère d'un pauvre et admirable curé de campagne.

Dès les premières pages du nouveau volume, le drame s'accentue : c'est l'élection législative avec ses agitations ; c'est la grève ouvrière avec ses violences ; c'est une séance passionnée au Palais-Bourbon ; c'est une charge de cavalerie contre les mineurs en révolte. L'anxiété plane, la désolation règne, la mort s'abat, frappant les innocents. — D'ailleurs, il faut poursuivre la vie incertaine, il faut agir et lutter quand même ; le devoir de chacun est de faire, avec sa propre douleur, de la force mise au service des autres.

BARANTE (B^on de). Souvenirs, 1782-1866. Publiés par son petit-fils. Tome VII. (7 fr 50) net 6 fr. 50

BEAUDOIRE (Th.). Origines de l'alphabet de la typographie et de la numération. Brochure in-8. Net 1 fr. 75

BENDA (Julien). Dialogues à Byzance. 1 vol. in-18. (3 fr. 50) Net 3 fr.

BENTZON (Th.). Femmes d'Amérique. 1 vol. in-18. (3 fr. 50) Net 3 fr.

BENTZON (Th.). Malentendus. 1 vol. in-18. (3 fr. 50) Net 3 fr.

BERTHEROY (Jean). Lucie Guérin, marquise de Ponts. Roman. 1 vol. in-18. (3 fr. 50) Net 3 fr.

BERT (Paul). Le Cléricalisme. Questions d'éducation nationale, préface par A. Aulard 1 vol. in-18. (3 fr. 50) Net 3 fr.

BLAIZE (Jean). Similia (Roman pour les jeunes filles). 1 vol. in-18. (3 fr. 50) Net 3 fr.

BOISSIÈRE (Albert). Une garce, mœurs des grèves. 1 vol. in-18. (3 fr. 50). Net 3 fr.

BOURGET (Paul). L'Ecran. Collection Nymphée, illustrations de Calbet. 1 vol. (3 fr. 50). Net 3 fr.

BOURGET (Paul). Œuvres complètes. Critique ; tome II. Etudes et portrait. 1 vol. in-8. (8 fr.). Net 7 fr.

BOUTIQUE (Alexandre). Le Colonel Dorfert, roman. 1 vol. in-18. (3 fr. 50). Net 3 fr.

L'intrigue adoptée, en ce livre mouventé, a pour pivot la jalousie maritale dans notre société contemporaine, — et l'auteur en a dégagé des aperçus nouveaux d'une psychologie amoureuse délicatement nuancée ; — elle a pour héroïne principale la plus gracieuse et la plus touchante figure de jeune Parisienne, en qui l'on voudra voir une Desdémone moderne.

BRU (Paul). En démence... ! 1 vol. in-18 (3 fr. 50). Net 3 fr.

C'est une histoire poignante et vraie racontée par l'auteur avec une minutie de détails qui laisse deviner un témoin actif.

Ce livre soulèvera, certainement, des polémiques ardentes et réveillera des discussions à peine apaisées, sur un sujet tout d'actualité.

BRUNEAU (Alfred). Musiques d'hier et d'aujourd'hui. 1 vol. in-18. (3 fr. 50). Net 3 fr.

CATTELAIN (P.). Mémoires du chef de la sûreté sous la Commune de Paris. 1 vol. in-18. (3 fr. 50). Net 3 fr.

CHAMPION (Albert). Le Gêneur. 1 vol. in-18. (3 fr. 50). Net 3 fr.

CHANTEPLEURE (Guy de). Fiancée d'avril, roman. 1 vol. in-18. (3 fr. 50). Net 3 fr.

CHARNACÉ (Guy de). Notes d'un philosophe provincial 1 vol in-16. (3 fr. 50). Net 3 fr.

CHARPENTIER (Armand). La petite bohême, roman. 1 vol. in-18. (3 fr. 50). Net 3 fr.

CIM (Albert). Farceurs. 1 vol. in-18. (3 fr. 50). Net 3 fr.

Les amateurs de curieuses singularités et d'audacieuses mystifications liront avec grand intérêt l'histoire de cette bande. On ne s'ennuie pas avec ces joyeux drilles et leurs fringantes compagnes : ils vous déridcnt, vous captivent, vous entraînent avec eux dans une farandole endiablée.

CORDAY (Michel). Des histoires. 1 vol in-18. (3 fr. 50). Net 3 fr.

COTTIN (Eugène). Drôleries du palais. Album humoristique. 1 vol. in-18. (3 fr. 50). Net 3 fr.

CURÉ MESLIER. Le bon sens. Précédé de lettres de Voltaire et de d'Alembert. Nouvelle édition. 1 vol. in-18. (3 fr. 50). Net 3 fr.

C'est l'œuvre d'un prêtre, honnête homme, qui a vécu à la fin du XVIIe siècle et au commencement du XVIIIe. Toute son existence, il a observé ses semblables et consigné ses réflexions en un manuscit trouvé après sa mort.

La révolte de son âme contrainte à enseigner ce qu'il avait cessé de croire, s'est apaisée en notant journellement le résultat de ses observations. C'était un soulagement de confier à ses cahiers ce qu'il n'osait dire en chaire.

D'ADHÉMAR (Cte G.). Roman vécu au Transvaal. 1 vol. in-18 (3 fr. 50). Net 3 fr.

DAUDET (Léon). La romance du temps présent. 1 vol. in-18. (3 fr. 50). Net 3 fr.

DEPARDIEU (Félix). Trop jeune. 1 vol. in-12. (3 fr. 50). Net 3 fr.

Ces fictions très empreintes de réalité moderne, et où les événements de l'histoire contemporaine sont présentés d'une manière absolument inédite, auront-elles la fortune de faire accepter le genre nouveau que ce nouvel écrivain semble avoir entrepris d'introduire ?

FAGUET (Emile). Histoire de la littérature française illustrée, d'après les manuscrits et les estampes conservés à la Bibliothèque nationale. Tome I : Depuis l'origine jusqu'à la fin du XVIe siècle. Tome II : Depuis le XVIIe siècle jusqu'à nos jours. 2 vol. in-8. Chaque volume 6 fr. Net 5 fr. 25

D'HAUSSONVILLE (Comte). Salaires et misères de femmes. 1 vol. in-18. (3 fr. 50). Net 3 fr.

DOUAY (Bertrand). L'Adversaire, roman. 1 vol. in-18. (3 fr. 50). Net 3 fr.

C'est parmi les tableaux, tracés avec une fougue quasi visionnaire, de la société contemporaine, la troublante image d'une femme d'automnale beauté et l'idylle tragique d'un Werther vingtième siècle, pris jusqu'à la mort de ce charme morbide, fait de souffrance et d'amour vécu.

DUCOS (Comte). La mère du duc d'Enghien, 1750-1822. 1 vol. in-8. (7 fr. 50). Net 6 fr. 50

DUFOURCQ (Albert). Le régime Jacobin en Italie. Etude sur la république romaine. 1798-1799, 1 vol. in-8 (7 fr 50). Net 6 fr. 50

ELLIE (Paul). Le Général Galliéni. Tonkin-Madasgacar. Journal d'un officier d'ordonnance. 1 vol. gr. in-8. Nomb. illustrations. (7 fr. 50). Net 6 fr. 50

FLAMMARION (Camille) L'inconnu et les problèmes psychiques. Manifestations de mourants. Apparitions. Télépathie. Communications psychiques. Suggestion mentale. Vue à distance. Le monde des rêves. La divination de l'avenir. 1 vol. in-12. (3 fr. 50). Net 3 fr.

FRANCE (Anatole). Clio. 1 vol. in-16, illustré par Mucha. (6 fr.). Net 5 fr. 25

FRANCE (Hector). L'armée de John Bull. 1 vol. in-18. (3 fr. 50) Net 3 fr.

FILON (Augustin). Sous la tyrannie, roman. 1 vol. in 18. (3 fr. 50). Net 3 fr.

FRANKLIN (Alfred). La vie privée d'autrefois. Les animaux, tome II. 1 vol. in-18. (3 fr. 50). Net 3 fr.

GACHOT (Ed.) A travers les Alpes. 35 illustrations. 1 vol. in-18. (3 fr. 50). Net 3 fr.

GAULOT (Paul). Draco, roman. 1 vol. in-18. (3 fr. 50). Net 3 fr.

GERMAIN (Auguste) Les étoiles, roman 1 vol. in-18, couverture en couleurs d'Albert Guillaume. (3 fr. 50) Net 3 fr.

GIROD DE L'AIN (Maurice). Vie militaire du Gén. Foy 1 vol. in-8, (12 fr.) Net 10 fr. 50

HAMON (Louis). Police et criminalité. Impressions d'un vieux policier. 1 vol. in-18. (3 fr. 50) Net 3 fr.

HERVIEU (Paul). Théâtre. La loi de l'homme. Les Tenailles. Les paroles restent. 1 vol. (Petite bibliothèque littéraire). (6 fr.) Net 5 fr. 25

HERVIEU (Paul). L'inconnu. Nouvelle édition. 1 vol. in-18. (3 fr. 50) Net 3 fr.

HINZELIN (Emile). Images de France. Région de l'Est. 1 vol. in-12. (3 fr. 50) Net 3 fr.

JARRY (Alfred). Ubu enchaîné, précédé de Ubu roi. 1 vol. in-18. (3 fr. 50) Net 3 fr.

JOSEPH RENAUD (J.). N. D. de Cythère. roman. 1 vol. in-18. (3 fr. 50) Net 3 fr.

L'action la plus saisissante, la plus originale et la plus simple, évolue en ces alternatives du lyrisme et d'ironie spéciales au jeune écrivain. Les personnages se détachent puissamment sur des décors étranges. Œuvre intense et personnelle, amusante et passionnée qui retient jusqu'à complète lecture et poursuit ensuite, obstinément.

Jolie couverture illustrée par Manuelo Orazi.

Journal intime de Cuvillier-Fleury. Tome I. La famille d'Orléans au Palais Royal, 1828-1831. Introduction par E. Bertin. 1 vol. in-8, avec 2 portraits. (7 fr. 50) Net 6 fr. 50

KIPLING (Rudyard). La lumière qui s'éteint. 1 vol. in-18. (3 fr. 50) Net 3 fr.

LANO (Pierre de). Masques de femmes. Les Vierges. Les Amantes. Les Epouses. 1 vol. in-18. (3 fr. 50) Net 3 fr.

En un temps. en effet, où toutes les questions qui concernent la femme, passionnent et sont discutées avec une ardeur sincère, le nouvel ouvrage de Pierre de Lano ne peut manquer d'exciter les curiosités et les controverses.

Le célèbre écrivain ne touche à la femme, d'ailleurs, ici, et à tout ce qui se rapporte à elle, qu'avec un tact infini et les lectrices lui sauront gré peut-être plus de sa sévérité, en certains cas, que de l'aimable et philosophique indulgence qu'il témoigne, sans se lasser, à leurs plus intimes péchés.

LE BRAZ (A.). Le gardien du feu. Roman. 1 vol. in-18. (3 fr. 50) Net 3 fr.

LECLERCQ (Julien). Le caractère et la main. Histoire et documents. 30 mains de personnages contemporains. 1 vol. in-16. (3 fr. 50) Net 3 fr.

LEROY (Eugène). Jacquou le croquant. Roman. 1 vol. in-18 (3 fr. 50) Net 3 fr.

LÉTANG (Louis). Marie-Madeleine. Roman. 1 vol. in-18. (3 fr. 50) Net 3 fr.

LICHTENBERGER. La mort de Corinthe. Roman. 1 vol. in-8. (3 fr. 50) Net 3 fr.

LOUYS (Pierre). Les Chansons de Bilitis, accompagnées de 300 gravures et de 24 planches en couleurs hors texte par Notor, d'après des documents authentiques des musées d'Europe. 1 vol. in-18. (3 fr. 50) Net 3 fr.

LYS (Georges de). Officier et soldat. 1 vol. in-18. (3 fr. 50) Net 3 fr.

MAISONNEUVE (Henry). Réhabilitée. Roman. 1 vol. in-18. (3 fr. 50) Net 3 fr.

MALOT (Mme Hector). Sa fille. Roman. 1 vol. in-18. (3 fr 50) Net 3 fr.

Sur un sujet brûlant d'actualité, l'auteur a écrit l'histoire d'une passion, à la fois la plus fine la plus chaude et la plus tragique, y répandant cette originalité d'idées et de conception, cette saveur de formes qui ont valu à ses romans la place à part qu'ils occupent.

MARIO (Marc). Déserteur. Roman. 1 vol. in-18. (3 fr. 50) Net 3 fr.

MASSON (Frédéric). Napoléon et sa famille. Tome III. 1805-1807. 1 vol. in-8. (7 fr. 50) Net 6 fr. 50

MASSONNEAU (Henri). – Devant l'échafaud. Enquête sur la peine de mort. — L'opinion des magistrats.— Douze exécutions capitales.— Le bilan de l'Echafaud. — Documents parlementaires. — La peine de mort devant les chambres et devant le conseil municipal de Paris. — Les enfants dangereux. — Portraits d'assassins exécutés. 1 vol. in-18. (3 fr. 50) Net 3 fr.

MAUPASSANT (Guy de). Le Colporteur. 1 vol. in-18. (3 fr. 50) 3 fr.

MÉMOIRES du Lt-Général d'Andigné 1765-1857. Introduction et notes par M. Ed. Biré 1 vol. in-8. (7 fr. 50) Net 6 fr. 50

MÉNÉTRIER (Félix) Vers le crucifix. Poème. 1 vol. in-18. (3 fr.) Net 2 fr. 75

MENTHON (Cte Henry de). Vint-deux mois de campagne autour du monde Journal d'un aspirant de marine 1 vol. in-18. (3 fr. 50) Net 3 fr.

MICHELET. Robespierre. 1 vol. in-18. (3 fr. 50) 3 fr.

MILLE ET UNE NUIT (Le livre des). Traduction littérale et complète du texte arabe, par le Dr Mardrus. Tome IV. 1 vol. in-8. (7 fr.) Net 6 fr.

MÉMOIRES D'UN IDÉALISTE, par Mlle M. de Meysenbug, avec une préface de G. Monod, illustrés de 9 portraits. 2 vol. in-12. (7 fr.) net 6 fr.

Ces mémoires (1815-1860) contiennent une peinture très remarquable du mouvement d'idées religieuses, politiques et sociales qui a abouti en Allemagne à la révolution de 1848, et de la vie mené à Londres par les réfugiés politiques à Londres de 1850 à 1860. On y trouvera une foule de détails curieux sur Mayfial, Orsini, Kossutt, Richard Wagner, A. Herzen, Ledru-Rollin, que l'auteur à connu de très près. Une histoire d'amour des plus touchantes est mêlée à la première partie de ces Mémoires.

MONTAIGNE. Essais, tome V. Edition Lemerre. Notice, bibliographie, variantes, glossaire. 1 vol. in-8. (10 fr.) Net 9 fr.

MONTÉGUT (Maurice) Rosnhéro. Roman. 1 vol. in-18 (3 fr. 50) Net 3 fr.

MOURRE (Bon Charles). D'où vient la décadence économique de la France. 1 vol. in-18. (3 fr. 50) Net 3 fr.

NADAR Quand j'étais photographe. 1 vol. in-12 (3 fr. 50). Net 3 fr.

C'est dans son cœur et dans sa prodigieuse mémoire

que Nadard a puisé les éléments de ce nouveau livre qu'il a réunis comme une gerbe de fleurs.

Dans une familière et piquante causerie, il a trouvé le moyen d'intéresser le lecteur à tout notre siècle, évoqué, dans son activité féconde et dans ses intimités avec une humeur souriante, et dont aucune allusion n'a vaincu l'optimisme.

NANSOUTY (Max de). Premières visites à l'Exposition de 1900. Avec 50 illustrations dans le texte. 1 vol. in-18. (3 fr. 50) net 3 fr.

Comment circulera-t-on dans ce résumé du Monde que l'on vient de construire à Paris? De quoi sont faits ces Palais que l'on admire? Comment sont alimentés ces foyers électriques dont le ruissellement lumineux éblouit? Quelle a été l'œuvre obstinée des architectes, des Ingénieurs, des organisateurs de tout ordre, et que vont-ils nous montrer? C'est ce que l'auteur nous apprend, en analyste savant et délicat, et cela avec un charme littéraire véritable, en donnant à chaque manifestation du progrès sa place primordiale dans l'ensemble, et en dégageant savamment de l'ensemble des travaux ceux qui ont été les plus remarquables et les plus caractéristiques.

NICOLAS (Pierre). La vie Française en Cochinchine. Avec 46 illustrations d'après nature. 1 vol. in-18. (3 fr 50) net 3 fr.

En parcourant ces *Notes* appuyées de 45 illustrations d'après nature, on se croirait transporté pour de bon devant les vitrines de la « rue Catinat », ou mêlé au cortège des voitures qui font le « tour de l'Inspection ». On a la sensation immédiate du coup d'œil qu'offrent le port, les monuments, les jardins, les promenades de Saïgon qui est la plus grande et la plus belle de nos villes coloniales. En même temps on se rend compte du mouvement commercial et industriel, de toutes les ressources de l'Extrême-Orient, et l'on pénètre dans les deux milieux juxtaposés de la vie des indigènes et de la vie des colons.

On apprend ainsi à connaître combien la Cochinchiae est devenue foncièrement « française » depuis le gouvernement de M. Paul Doumer, combien, grâce à lui, elle est près de nous, et combien est intérssant l'exemple et concluant l'argument qu'elle fournit pour la démonstration et nos aptitudes colonisatrices.

NITTIS (Jacques de). Vénus ennemie. Roman. 1 vol. in-18. (3 fr. 50) net 3 fr.

OHNET (Georges). Gens de la noce. Roman. 1 vol. in- 18. (3 fr. 50) net 3 fr.

O'MONROY (Richard). Amours martiales. 1 vol. in-18. (3 fr. 50) net 3 fr.

ORLÉANS (Prince Henri d'). Politique extérieure et coloniale de la France. 1 vol. in-18. (3 fr. 50) net 3 fr.

L'auteur est, on le sait, un grand explorateur, un voyageur émérite qui ne parle pas de l'expansion nationale en pur théoricien.

Il a pu écrire dans son avant-propos: « Au cours de mes voyages ou de mes études coloniales, je me suis attaché à défendre les droits de la France chaque fois qu'ils m'ont paru attaqués »

Il n'en est que plus qualifié pour être écouté quand il dénonce l'Angleterre comme la cause de tous les conflits où notre politique coloniale a été successivement engagée.

Parmi les études les plus intéressantes que contient ce volume je dois citer : « La France en Chine », puis la question du Mékong, les « Droits de la France sur le Nil », une réponse à Stanley sur « la Colonisation française » et la « Situation extérieure de la France en 1899 »

PÉLADAN (Le Sar). Le vice suprême. Préface de Barbey d'Aurevilly. Nouvelle édition. 1 vol. in-18. (3 fr. 50) net 3 fr.

En vingt années le nouveau qu'apportait le Sar Peladan est entré dans la circulation : magie, sorcellerie, androgyne, gynandre, perversité et mysticisme. Mais l'auteur de l'éthopée n'en fut pas moins un précurseur, ne serait-ce que par ce titre, qui, en 1880, étonna. Vingt ans avant M. Brunetière, il déclara Wagner le plus grand dramatiste du siècle et resta toujours fidèle à la psychologie d'exception, n'animant que mages et princesses

PEREY (Lucien). Figures du temps passé XVIIIe siècle. 1 vol. in-18. (3 fr. 50) net 3 fr.

PERT (Camille). Mariage rêvé. roman. 1 vol. in-18. (3 fr. 50) net 3 fr.

PEYREBRUNE (G. de). Les passionnés Roman. 1 vol. in-18. (3 fr. 50) net 3 fr.

PHOTOGRAPHIE Les maîtres de la photographie. Avec une cinquante d'illustrations, dont 18 hors texte en couleurs d'après des photographies originales. 1 volume-album in-4. (12 fr.) net 10 fr. 50

POMMEROL (Mme). Une Femme chez les Sahariennes, entre Laghout et In-Salah. 90 illustrations d'après les dessins et photographies de l'auteur. 1 vol in-8. (10 fr.) 9 fr.

Au retour d'une pénible et dangereuse exploration Mme Jean Pommerol nous apporte de curieuses révélations sur les femmes du Sahara, leurs passions, leurs vices, leurs secrets et leurs mœurs. son sexe seul lui a rendu possible l'étude approfondie et prolongée du " harem " Saharien si jalousement caché aux hommes. C'est donc dire tout l'intérêt qui s'attache à ce beau livre rempli de photographies curieuses.

POULAINE (Jean de La). L'Anglomanie. 1 vol. in-18. (3 fr. 50) net 3 fr.

POULTNEY-BIGELOW. Au pays des Boers. Transwal, Cap, Lourenço-Marquez, Natal. 1 vol. in-16 illustré. (3 fr 50) net 3 fr.

PRIEUR (Léon) La Haute Cour. 1 vol. in-8. Préface de F. Coppée, croquis de Ed. Brunet. (5 fr.) net 4 fr. 50

PROUDHON (P.-J.). Commentaires sur les mémoires de Fouché, suivis du parallèle entre Napoléon et Wellington, manuscrits inédits par C. Rochel. 1 vol. gr in-8. (7 fr. 50) net 6 fr. 50

RACHILDE. La Jongleuse Roman. 1 vol. in-18. (3 fr. 50) net 3 fr.

RÉGNIER (Henri de). La double maîtresse. Roman. 1 vol. in-18 (3 fr. 50) net 3 fr.

RÉGNIER (Henri de). Les médailles d'Argile. Poèmes. 1 vol. in-18. (3 fr. 50) net 3 fr.

RÉNOUVIER (Ch.). Victor Hugo, le philosophe. 1 vol in-18 (3 fr. 50) net 3 fr.

RENOUVIER (Ch.). Victor Hugo, le poète. 1 vol. in-18. (3 fr. 50) net 3 fr.

REYNAUD. La civilisation païenne et la morale chrétienne. Avec une lettre-préface du P Didon. 1 vol. in-16. (3 fr. 50) net 3 fr.

RIBOT (Alexandre). La réforme de l'Enseignement secondaire. 1 vol. in-18 (3 fr. 50) net 3 fr.

RICHEPIN (Jean). La Reine de Tyr, drame en quatre actes en vers. 1 vol. in-18 (2 fr.) net 1 fr. 75

RODOCANACHI (E.). Elisa Napoléon (Baciocchi) en Italie. 1 vol. in-18. (3 fr. 50) net 3 fr.

Des trois sœurs de l'empereur, Elisa Baciocchi, Elisa Napoléon comme elle se plaisait à être appelée, était celle qui lui ressemblait le plus de visage et surtout de caractère ; active, d'esprit très ouvert, impétueuse, d'aucuns ont dit licencieuse, elle administra la principauté de Lucques, puis le Grand-Duché de Toscane avec fermeté et non sans succès.

L'histoire de son gouvernement, de ses contestations avec l'empereur a été curieusement retracée par M. E. Rodocanachi qui s'est toutefois attaché plus particulièrement à faire un tableau fidèle de la pittoresque petite cour de Lucques et de celle plus pompeuse de Florence et à conter le détail de l'existence d'Elisa durant les neuf années de son séjour en Italie.

ROME. Le chef suprême, l'organisation et l'administration centrale de l'Eglise, publié par un comité de prélats. 1 vol. in-4 de 720 pages, illustré de 60 portraits et 1200 illustrations intercalées dans le texte. (40 fr.) net 36 fr.
Cartonné. (50 fr.) net 45 fr.
Relié (60 fr.) net 54 fr.

ROSTAND (Ed.). L'Aiglon, drame. 1 vol. in-12. (3 fr. 50) net 3 fr.

ST-AULAIRE (Comte de). Plus fort que l'amour. 1 vol. in-18. (3 fr. 50) net 3 fr.

ST-YVES (Jean). Le roman d'un officier. 1 vol. in-18. (3 fr. 50) net 3 fr.

SAUVAGE (L. F.). Le Déclin. Sur la Pourpre et l'or. 1 vol. in-18. (3 fr. 50) net 3 fr.

SCHILDER. Histoire anecdotique de Paul 1er, tirée du russe par Dimitri de Benckendorff 1 vol. in-18. (3 fr. 50) net 3 fr.

STAFFE (Baronne). Le cabinet de Toilette Nouvelle édition. 1 vol. in-18. (3 fr. 50) net 3 fr.

SÉMANT (Paul de). Sacré Poilut! 1 vol. in-18 illustré par l'auteur. (3 fr. 50) net 3 fr.

SHAKESPEARE. La tragique histoire d'Hamlet. priece de Danemark, traduction par E. Morand et M. Schwob 1 vol. in-18. (3 fr. 50) net 3 fr.

SUDERMANN (H.). Les noces d'Yolanthe, traduit par N. Valentin et M. Rémon. 1 vol. in-18. (3 fr. 50) net 3 fr.

SUDERMANN (H.) Le chemin des chats. 1 vol in-18. (3 fr. 50) net 3 fr.

TARDIF (Cyprien). Sourires et baisers. Poésies. 1 vol in-16. (3 fr. 50) net 3 fr.

TINSEAU (Léon de). Mensonge blanc. 1 vol. in 18. (3 fr. 50) net 3 fr.

TOLSTOI (Comte Léon). Imitation, traduit du russe. 1 vol. in-18. (3 fr. 50) net 3 fr.

TOLSTOI (Comte Léon). Résurrection, traduction de Halpérine Kaminsky. Avec les illustrations du peintre russe, ami de l'auteur L. Pasternak. Edition définitive revue par l'auteur. 1 vol. in-18. (3 fr. 50) net 3 fr.

UN GÉNÉRAL Hollandais sous le premier empire. Mémoires du Général Baron de Dedem de Gelder 1774-1825. Avec un portrait. 1 vol. in-8. (7 fr. 50) net 6 fr. 50

VALCOMBE (Madeleine de). Farandole. Roman. 1 vol. in-18. (3 fr. 50) net 3 fr.

Livre mouvementé, livre de rêve et d'action, livre à clé peut être, écrit d'une plume originale et ferme qui ne craint pas de s'affirmer autrement que par le récit des adultères ou des ordinaires intrigues. Un souci plus noble la guide, et *Farandole*, avec ses petits tableaux très modernes et son mépris du « convenu » peut être en quelque sorte le résumé des idées nouvelles qui, en cette époque de transition, se lèvent au cœur de toute une vaillante élite dans le rêve d'une humanité future sans masques ni mensonges.

VANDAL (Albert). Les voyages du marquis de Nointel 1670-1680. 1 vol. in-8. (7 fr.) net 6 fr.

VAUX (Baron de). Le monde du Sport. Préface par P. Caillard. 1 vol. in-8 illustré de 300 gravures. (25 fr.) net 22 fr. 50

VIGNÉ D'OCTON. Martyrs lointains. 1 vol. in-18 (3 fr. 50) net 3 fr.

Les souffrances de nos soldats sous le terrible soleil soudanien, les horreurs de la guerre aux tropiques, l'existence désolée, le spleen lugubre dans les postes perdus de la brousse, les affres de la nostalgie, sont rendus avec toute la puissance du maître-styliste qu'est Vigné d'Octon, et tout le lyrisme du poète qui a écrit l'*Amour et la Mort*.

WALLON (Henri). Le Tribunal Révolutionnaire, 10 mars 1793-31 mai 1795. Nouvelle édition. 2 vol. in-8. (16 fr.) net 14 fr.

XANROF. Mesdames en scène! 1 vol. in-18. illustrations de Guillaume et Lourdey. (3 fr. 50) net 3 fr.

C'est une succession de tableaux à la fois prodigieusement comiques et singulièrement vivants que décorent d'humoristiques illustrations d'Albert Guillaume et de Lourdey.

Romans Anglais

TEXTE ANGLAIS

Chaque volume, format in-18, relié. . . . Net **2** fr.

DAVID COPPERFIELD. . . Charles Dickens
MIDSHIPMAN EASY . . . Captain Marryat
OLIVER TWIST . . . . . Charles Dickens
ROBINSON CRUSOE . . . Daniel Defoe
OLD CURIOSITY SHOP . . Charles Dickens
PETER SIMPLE . . . . . Captain Marryat
DOMBEY AND SON. . . . Charles Dickens
THE LAST DAYS OF POMPEII Lord Lytton.
BARNABY RUDGE . . . . Charles Dickens
MARY BARTON . . . . . Mrs. Gaskell
KENILWORTH . . . . . . Sir Walter Scott
NICHOLAS NICKLEBY . . . Charles Dickens
IVANHOE. . . . . Sir Walter Scott
PICKWICK PAPERS . . . . Charles Dickens
VANITY FAIR . . . . . . W. M. Thackeray
SKETCHES BY BOZ . . . . Charles Dickens
PENDENNIS. . . . . . . W. M. Thackeray
BEN HUR. . . . . Lew Wallace
SWISS FAMILY ROBINSON.
THE WIDE, WIDE WORLD. . Wetherell

MUSIQUE

DERNIÈRES NOUVEAUTÉS

Louis Ganne.	Les Saltimbanques	Partition piano et chant	15 fr.	Net	11,25
F. Le Rey.	Thi-Theu	— —	15 fr.	Net	11,25
Berlioz.	La Prise de Troie (Nouv. édition)	— —	20 fr.	Net	15, »
G. Serpette.	Shakspeare	— —	12 fr.	Net	9, »
Méhul	L'Irato	— —	7 fr.	Net	5,25
G. Pierné.	La Coupe enchantée	— —	10 fr.	Net	7,50
Th. Botrel.	Les Chansons de la Fleur de lys.	— —	10 fr.	Net	7,50
Charpentier.	Louise	— —	20 fr.	Net	15, »

MORCEAUX

H. Bresles.	La première faute de Pierrette, pantomime.	Piano seul	5 fr.	Net	3,75
Leclerq.	Marche des Boers	—	2 fr.	Net	1,50
Margis.	Valse bleue	—	2 fr.	Net	1,50
Rossignol.	Venise la belle, valse	—	2,25	Net	1,70
Rossignol.	Polka Tzigane	—	2,25	Net	1,70
A. Petit.	Fruit tentateur, mazurka	—	2, »	Net	1,50
J. Rosas.	Sobre las Olas, valse tzigane	—	2,50	Net	1,90
De Gessler.	Pimpante-Polka	—	1,75	Net	1,25
R. Berger.	Et allez donc! polka fin-de-siècle	—	1,75	Net	1,25
H. Bresles.	Marche des Pêcheurs français	—	1,75	Net	1,25

ALBUMS

Les Danses mignonnes (30 danses nouvelles *très faciles*). . . .	Piano seul.	Net	3,50
Le Concert des Petits (30 fantaisies célèbres, *très faciles*). . . .	—	Net	3,50
La Soirée enfantine (24 petites scènes musicales, faciles)	—	Net	3, »
Les Musiciens célèbres (27 morceaux classiques, très faciles). . . .	—	Net	3, »
Fleurs de Neige (20 danses des meilleurs auteurs)	—	Net	4,95
Les Valses d'Europe (12 valses célèbres), format oblong	—	Net	4,75

SOLDE

LA GRANDE ARMÉE

Légendes, Contes et Récits militaires, adaptés de la "Légende de l'Aigle" de Georges d'Esparbès par Max DORVILLE, et mis en musique par Paul Porthmann.

1 vol. in-4 broché. Couverture et dessins de Tiret-Bognet.

Au lieu de 6 fr. Net. **2,25**

Contenant : L'Aigle. — Le Tambour-Major. — Trois soldats. — Le Bivac. — Ouvrez le ban. — Les Crinières. — Le Fossé. — Un Sabre. — A boire. — Les Cloches de l'Empire.

OCCASION

PIÈCES DE MOLIÈRE

Illustrations de **Jacques LEMAN**. — Format in-4.

Superbe édition, imprimée et illustrée avec le plus grand soin

Dépit amoureux, papier vélin, 1 vol. 20 fr. Net 6, »»
Dom Garcie de Navarre, papier vélin, 1 vol. 20 fr. Net 6, »»
L'Escole des Maris, papier vélin, 1 vol. 15 fr. Net 4,50
L'Escole des Femmes, pap. vélin, 1 vol. 25 fr. Net 7,50
— — pap. Japon, 1 vol. 60 fr. Net 18, »»
La critique de l'Escole des Femmes, pap. vélin, 1 vol. 10 fr. Net 3, »»
pap. Japon, 1 vol. 25 fr. Net 7,50
Les deux Farces, papier vélin, 1 vol. 15 fr. Net 4,50

Les Fascheux, papier vélin. 1 vol. 15 fr. Net 4,50
— papier Japon, 1 vol. 50 fr. Net 15, »»
L'Impromptu de Versailles, pap. vélin, 1 vol. 15 fr. Net 4,50
— papier Japon, 1 vol. 25 fr. Net 7,50
Le Mariage forcé, papier vélin, 1 vol. 12 fr. Net 3,60
— papier Japon 1 vol. 25 fr. Net 7,50
Précieuses ridicules, pap. vélin, 1 vol. 15 fr. Net 4,50
Sganarelle, papier vélin, 1 vol. 15 fr. Net 4,50

OUVRAGES D'OCCASION

1 **ABOUT** (Edmond). Trente et Quarante., Paris, Hachette, 1891, gr. in-8 broché, net. 30 fr.
Nombreuses illustrations de Vogel dans le texte et hors texte et ornements de Giraldon gravés à l'eau-forte et au burin.

2 **ABOUT** (Edmond). Tolla, avec les illustrations de F. de Myrbach et un portrait d'après Paul Baudry. Paris, Hachette, 1889, in-4 broché, net 50 fr.
Très beau livre tiré à petit nombre et épuisé.

3 **ADAM** (Madame Edmond) (Juliette Lamber). Récits d'une paysanne. Paris, Lemonnyer, 1888, in 8 broché, net 5 fr.
Jolies illustrations de Fraipont dans le texte.

4 **AICARD** (Jean). La chanson de l'enfant Paris, 1884, broché, net 10 fr
Ouvrage couronné par l'Académie française ; l'illustration comprend 128 compositions par Lobrichon et Rudaux gravées sur bois par L. Rousseau.

5 **ALBUM** des dames, types et portraits de femmes. Paris, 1864, in-folio toile. 5 fr.
Dessins d'après nature par J. B Laurens, lithographiés en couleurs par J Laurens. Les poésies sont de J. Soulary, Mme Blanchecotte, etc., musique de divers maîtres.

6 **ALHOY** (Maurice) Les Bagnes, histoire types, mœurs, mystères. Paris, 1845, in-8, demi-veau, v., net 6 fr.
Nombreuses gravures sur bois dans le texte et hors texte.

7 **ANECDOTES SECRÈTES** du règne de Louis XV, portefeuille d'un Petit-Maître publié par Roger de Parnes, avec préface par Georges d'Heylli. Paris, 1882, in-8 br. (15 fr.) net 9 fr.
Tiré à petit nombre, épuisé.
Eaux-fortes de Oudart.

8 **ALMANACH** dédié aux dames pour l'an 1817. Paris, 1817, in 18, cart., tr d, net 5 fr.
Titre et en-tête gravés et 6 grav. hors texte.

9 **ALMANACH** Henri Boutet 1891 et 1892, chaque année brochée, net 6 fr.

10 **ALMANACH** royal, année 1781, in-8, mar. vert, fil., tr. d, net 20 fr.
Aux armes d'Hariague.

11 **AMICIS** (Edmond de). Le Maroc, traduit de l'italien avec l'autorisation de l'auteur par Henri Belle. Paris, 1882, gr. in-4 br., net 18 fr.
Bel ouvrage illustré de 174 gravures sur bois d'après les dessins de E. Bayard, C. Bisco, S. Ussi, etc.

12 **ANIMAUX** et paysages, suite d'eaux-fortes par H. Van der Poorten, précédée d'une notice biographique par Henry Havard. Paris, 1874, in-4, en carton, net 5 fr.

13 **APRÈS-SOUPERS** (les) par l'auteur de trois dizains de contes gaulois Paris, 1883, in-12, dem-rel ch. v. ol. dos orné, net 8 fr.
Illustrations de Henriot : exemplaire sur papier vergé.

14 **ARÈNE** (Paul) La vraie tentation du grand Saint Antoine, contes de Noel. Paris, 1880, in-4 br., net 6 fr.
Nombreuses illustrations par Vollon, Bastien-Lepage, Sahib, Rochegrosse, Ferain, etc.

15 **ART** (L') contemporain, peintres et sculpteurs. *Paris, s. d.* in-fol., toile rouge. Net 5 fr.
133 reproductions de tableaux ou de statues de nos premiers artistes.

16 **ART** (L') de tourner ou de faire en perfection toutes sortes d'ouvrages au tour, in-4, *s. d.* veau br. Net 10 fr.
Manuscrit du XVIIIe siècle d'une belle écriture contenant 135 feuillets ; nombreux dessins à la plume.

17 **AUDSLEY** (A.) et **JAMES L. BOWES**. La Céramique Japonaise, édition française sous la direction de M. A. Racinet. *Paris*, 1877, gr. in-4, en feuilles. 500 fr. Net 135 fr.
Splendide publication tirée à très petit nombre, 40 planches en couleur, 23 planches en autotypie.

— Le même, in-8, demi-reliure. (70 fr.) Net 25 fr.

18 **AUGIER** (Emile). L'aventurière, comédie en vers, compositions de G. Dubufe, eaux-fortes de Morse *Paris*, 1892, maroq. pl., gr. fil., tr. d. Net 100 fr.
Ex. sur japon provenant de la bibliothèque de Francisque Sarcey avec son chiffre dans les angles des deux plats et son ex-libris.

19 **AUGIER** Emile). La Ciguë, comédie en vers, compositions de Dubufe, eaux-fortes de Morse. *Paris*, 1893, gr in-8, maroq. pl., gr. fil., tr. d. Net 100 fr.
Ex. sur Japon provenant de la bibliothèque de Francisque Sarcey avec son chiffre dans les angles des deux plats et son ex libris.

20 **AUGIER** (Emile). Les Fourchambault, comédie. *Paris*, 1878, in-8 br (couv.) Net 15 fr.
Edition originale : très rare, envoi à Fr. Sarcey.

21 **AUGIER** (Emile). Madame Caverlet, comédie. *Paris*, 1876, in-8 br. (couv.) Net 15 fr.
Edition originale, rare ; envoi de l'auteur à Fr. Sarcey.

22 **AUTRICHE**. Feuilles volantes d'Abazia, avec 32 dessins à la plume. *Paris*, 1887, gr. in-8 broché. (20 fr.) Net 8 fr.
L'auteur de ce livre qui l'a aussi illustré est l'archiduc Louis Salvator d'Autriche.

23 **AVENTURES** de Gourou Paramarta, conte drolatique indien, orné de nombreuses eaux-fortes par Bernay et Cattelain. *Paris*, 1877, in-8 broché, paru à 40 fr., net 7 fr.
Exempl. sur chine.

24 **BAIF**. Œuvres en rime de Ian Antoine de Baïf, secrétaire de la chambre du roy, avec une notice biographique et des notes par Ch. Marty Laveaux. *Paris*, *Lemerre*, 1881-1890. 5 vol. in-8 br. et notice biographique. Net 70 fr.
De la pléiade française ; tirage à 218 exempl. numérotés, entièrement épuisé ; très rare.

25 **BALZAC**. La peau de chagrin. *Paris*, *Ledoux*, *s. d.*, gr. in-8, demi-rel. amateur. Net 50 fr.
Splendide édition ornée de 100 gravures en taille-douce.
Exemplaire de premier tirage bien qu'ayant le titre de Ledoux, lequel avait acheté une partie de l'édition et fait faire le titre à son nom
Ouvrage en bonne condition et très grand de marges.

26 **BAPST** (Germain) Essai sur l'histoire du théâtre, la mise en scène, le décor, le costume, l'architecture, l'éclairage, l'hygiène. *Paris*, 1893, in-4, dos et coins mar. laval, dos orné. Net 20 fr.
Ouvrage orné de quatre-vingt-cinq gravures.

27 **BARBEY D'AUREVILLY** (J.). Les prophètes du passé. *Paris*, 1860, in-12, d.-bas. Net 3 fr.
Edition originale.

28 **BARYE** L'Œuvre de Barye par Roger Ballu, précédé d'une introduction de M. E. Guil-

laume. *Paris, Quantin*, 1890, in-fol., cart. toile. (100 fr.). Net 40 fr.

Bel ouvrage illustré de 24 grandes planches hors texte en héliogravure et de nombreuses vignettes dans le texte.

29 **BAUDELAIRE** (Charles). Les Epaves, pièces condamnées, galanteries, épigraphes, bouffonneries. *Bruxelles*, 1874, in-12 br. Net 10 fr.

Epuisé, rare.

— Le même, avec un frontispice de F. Rops. Net 16 fr.

30 **BAUDELAIRE** (Charles) Les Paradis artificiels. Opium et Haschisch. *Paris, Poulet-Malassis*, 1861, br.,net 5 fr.

Edition originale, rare.

— Le même ouvrage, demi-rel., net 4 fr.

31 **BAUDRY** (l'abbé F.) et **BALLEREAU** (Léon). Puits funéraires gallo-romains du Bernard (Vendée). *La Roche-sur-Yon*, 1873, gr. in-8, dos et c. mar. la /. tête dor., net 15 fr.

Tiré à très petit nombre ; nombreuses gravures.

32 **BELLEAU** (Rémy). Œuvres poétiques avec une notice biographique et des notes par Ch. Marty-Laveaux. *Paris, Lemerre*, 1878. 2 vol. in-8 br., net 30 fr.

De la pléïade française ; tirage à 248 ex. numérotés, entièrement épuisé. très rare.

33 **BÉNARD**. Eloge de l'enfer, ouvrage critique, historique et moral. *La Haye*, 1759, 2 vol. in-12, dem.-rel. maroq. r., tête dor., net 12 fr.

34 **BENTZON** (Th.). Jacqueline. *Paris*, 1893, in-4 br., net 40 fr.

Très belles illustrations d'Albert Lynch reproduites par le procédé Goupil.

35 **BENVENUTO CELLINI**. Mémoires de Benvenuto Cellini, orfèvre et sculpteur florentin, écrits par lui-même, traduits par Léopold Leclanché. *Paris, s. d.*, in-12, toile bl., net 7 fr.

36 **BENZONI**. Novæ novi orbis historiæ, rerum ab Hispanis in India Occidentali hatenus gestarum et acerbo illorum in cas gentes dominatu. *S. l.* (Genève), 1581, in-8 parch., net 6 fr.

37 **BÈQUET** (E.). Marie ou le mouchoir bleu. *Paris, Conquet*, 1884, in-18, br., net 7 fr.

Exemplaire numéroté, orné de 6 compositions par De Sta, gravées par Abot.

38 **BERGERAT** (Emile). Le capitaine Fracasse, comédie héroïque, extraite du roman de Théophile Gautier. 4 actes et un prologue en vers. *Paris*, 1890, in-12 br., net 3 fr.

Edition originale de cette pièce : envoi d'auteur à H. Pessard.

40 **BERQUIN**. Idylles. *Paris*, 1775. 2 parties en un vol. in-12, v. f., fil. (rel. anc.), net 35 fr.

Ce charmant petit volume contient un frontispice et 24 gravures de Marillier en excellent tirage.

41 **BIBLIA** sacra vulgata editionis. *Moguntia, apud J. Albénum, impensis Joanis Theobaldi Schonwetteri et Jacobi Fischeri*, 1609, in-4 demi-rel., net 20 fr.

Très belle bible, ornée de quantité de belles figures sur cuivre tirées à mi-page.

Bel exemplaire réglé.

42 **BIEZ** (Jacques de). Un maître imagier. *E. Fremiet. Paris*, 1896, gr. in-8 broché, net 15 fr.

Tiré à petit nombre : belles illustrations en héliogravure hors texte.

43 **BLANC** (Charles). Histoire des peintres de toutes les écoles. — Ecole française. *Paris*, 1865, 3 vol. gr. in-4, dos et c. mar. vert, tête d., net 50 fr.

Nombreuses illustrations.

44 **BOCCACE**. Les dix journées de Jean Boccace traduction de Le Maçon avec notices, notes et glossaire par Paul Lacroix. 11 eaux-fortes de Flameng. *Paris, Librairie des Bibliophiles*, 1873. 10 fasc. in-12 br., net 60 fr.

— Le même ouvrage relié en 4 vol. dos et coins chagr. bl., tête dor. Net 75 fr.

— Le même ouvrage relié en 4 vol. dos et coins maroq. vert, tête dor. Net 85 fr.

45 **BOETZEL** (E.). Les artistes modernes. Souvenirs du Salon de 1878 *Paris*, in-fol. non rel. en carton. Net 8 fr.

Suite de 25 eaux-fortes par les artistes eux-mêmes, Roybet, Bonnat, Benjamin Constant, H. Pille, J. Lefèbre, Daubigny, Bastien, Lepage, Henner, Feyen-Perrin, etc.

46 **BOILEAU-DESPRÉAUX**. Œuvres poétiques avec une introduction et des notes par F. Brunetière. *Paris, Hachette*, 1889, in-4 broché. Net 80 fr.

Très beau livre qui a figuré à l'exposition de 1889 ; l'impression est un véritable chef-d'œuvre qui rappelle les magnifiques éditions de Didot. L'illustration est absolument splendide, les dessins sont de Mme Madeleine Lemaire et de MM. Bida, Bonnat, Boulenge, Cabanel, Chapu, Chevignard, Delort, Flameng, Français, Galland, Gérôme, Hédouin, Heilbuth, J. P. Laurens, Le Blant, Lhermitte, Maignan, Merson, Vibert ; la gravure à l'eau-forte a été exécutée par Mme Louveau-Rouveyre, et par MM. Abot, Blanchard, Boilot, Boilvin, Boisson, Boulard Champollion, Chauvel, Courtry, Flameng, Haussoullier, Hédouin, Jacquet, Lalauze, Lefort, Lerat, Levasseur, Mathey, Mongin, Muller, Toussaint, Waltner.

47 **BONIVARD** (François). Advis et devis de la source de l'idolâtrie et tyrannie papale, par quelle practique et finesse les Papes sont en si haut degré montez, etc. *Genève*, 1856, in 8, dos et coins maroq. r., tête dor. (Bertrand). Net 8 fr.

48 **BOREL** (Pétrus). Madame Putiphar. *Paris*, 1877, 2 vol. in-8, non rel. Net 15 fr.

Exemplaire sur whatman.

49 **BOSSE** (Abraham). De la manière de graver à l'eau-forte et au burin, et de la gravure en manière noire, avec la façon de construire les presses modernes et d'imprimer en taille-douce. *Paris*, 1745, in-8, v. br. Net 8 fr.

Titre gravé, en-tête, et 19 planches en taille-douce.

50 **BOUCHOT** (Henri). Les livres à vignettes du XVe au XVIIIe siècle. — Les livres à vignettes du XIXe siècle. Ens. 2 vol. in-12. *Paris*, 1891, brochés. Net 9 fr.

Excellents ouvrages tirés à très petit nombr. Nombreuses vignettes dans le texte et hors texte.

51 **BOUCHOT** (H.). Le luxe français. L'Empire. *Paris, Libr. illustrée, s. d.*, gr. in-8, demi-rel. Net 28 fr.

Ouvrage illustré de quantité de gravures d'après les estampes et les originaux de l'époque.

52 **BOUILLY** (J. N.). Le vieux glaneur ou de tout un peu. *Paris, Janet, s. d.*, in-12, soie verte, plats dorés, etui. Belle reliure romantique. Net 20 fr.

53 **BOURGET** (Paul). Cosmopolis, roman illustré d'aquarelles par Duez, Jeanniot et Myrbach. *Paris, Lemerre*, 1893, in-8, demi-rel. Net 12 fr.

Edition originale publiée par le Figaro.

54 **BREHM** (A. E.). Merveilles de la nature ; les Oiseaux, mœurs, chasses, combats, captivité, domesticité, acclimatation, usages et produits. *Paris, s. d.*, 2 vol. in-4, demi-rel. ch. v. Net 16 fr.

Nombreuses gravures dans le texte et hors texte.

55 **BRILLAT-SAVARIN**. Physiologie du goût avec une préface par Ch. Monselet. *Paris, Librairie des Bibliophiles*, 1879, 2 vol. in-12 brochés. Net 54 fr.
Eaux-fortes de Lalauze, épuisé et très recherché.

56 **BRUANT** (Aristide). Le Mirliton. Du N° 1, octobre 1885, au n° 50, septembre 1888, en 1 vol. in-8, cart. Net 12 fr.
Très curieuse collection, illustrée de nombreux dessins.

57 **BUCHOTTE** Les règles du dessein (sic) et du lavis pour les plans particuliers des ouvrages et des batimens et pour leurs coupes, profils, élévations et façades, tant de l'architecture militaire que civile. *Paris*, 1754, in-8, v. br. Net 8 fr.
24 planches hors texte.

58 **CABROL** (Elie). La première absence, lettres en vers, avril à octobre 185", avec 12 eaux-fortes. *Paris*, 1872, rel. d'amateur, dos et coins maroq. bl., tête dorée, non rogn. Net 6 fr.

59 **CAHUN** (Léon). La Vie juive, préface de Zadok-Kahn, grand-rabbin de Paris. *Paris*, 1886, in-4, cart. Net 4 fr.
Illustrations dans le texte et hors texte sur bois et à l'eau-forte par Alphonse Lévy.

60 **CAMUZAT** (Nic.). Meslanges historiques ou recueil de plusieurs actes, traictez, lettres missives, et autres mémoires qui peuvent servir en la déduction de l'histoire depuis l'an 1390 jusques à l'an 1580. *Troyes*, 1619. in-8, parch. Net 12 fr.

61 **CAMUZAT** (Nic.). Promptuarium sacrarum antiquitatum Tricassinæ diœcesis. Auguste Trecarum. Nat. Moreau, 1610, in-8, parch. Net 15 fr.
Livre rare ; mouillures.

62 **CAPITALES DU MONDE** (Les). *Paris, Hachette*, 1892, fort vol. gr. in-8, reliure plaque. Net 25 fr.

— Le même, rel. amateur. Net 30 fr.
Exemplaire de premier tirage. Texte par F. Coppée, P. Loti, M. de Vogüé, G. Boissier, etc. Illustré de nombreuses gravures sur bois par Barbant, Bellenger, Rousseau, Tinayre d'après Jeanniot, Myrbach, Renouard, Detaille, Bonnat, Boudier, etc.

63 **CARLISLE** (Le Comte de). Relations de trois ambassades commencées en l'an 1663 et finies sur la fin de 1664. *Paris*, 1857, in-12 br. Net 10 fr.
De la bibliothèque elzévirienne Ex. sur chine ; très rare.

64 **CASANOVA** (Jacques) de Seingalt. Mémoires écrits par lui-même, 8 vol in-8 br. Net 25 fr.
Reproduction de l'édition de Leipzig seule complète.

65 **CASSINI**. Description d'un instrument pour prendre hauteur et pour trouver l'heure vraie sans aucun calcul. 1770, in-4, dos et coins, toile Net 5 fr.

66 **CATALOGUE**. Collection des Goncourt : dessins, aquarelles et pastels du XVIIIe siècle. *Paris*, 1897, in-4 br. Net 30 fr.
Catalogue très intéressant, exemplaire du tirage in-4, illustré de nombreuses héliogravures ; rare.

67 **CATALOGUE** Collection d'objets d'art de M Thiers, léguée au Musée du Louvre. *Paris*, 1884, gr. in-4 br Net 30 fr.
Magnifique catalogue sur pap. vergé. Nombreuses reproductions à l'eau-forte d'objets de cette précieuse collection. Rare.

68 **CENT NOUVELLES** (les) nouvelles suivent les cent nouvelles contenant les cent histoires nouveaux qui sont moult plaisans à raconter en toutes bonnes compagnies par manière de joyeuseté. *Cologne*, 1736. 2 vol. in-18, veau br. Net 28 fr.
Figures en taille-douce gravées sur les dessins du fameux Mr Romain de Hooge et retouchées par feu B. Picart le Romain.

— Le même, 4 vol. in-12 veau, fil., tr peignes. Net 30 fr.
Bel exemplaire.

69 **CENT NOUVELLES** nouvelles (les dix dizaines des) avec notice, notes et glossaire par Paul Lacroix *Paris, Librairie des Bibliophiles*, 1874, 10 fascicules in 12 br. Net 50 fr.
Dessins de J. Garnier gravés à l'eau-forte par Lalauze.

70 **CERVANTÈS**. Don Quichotte, traduit par L. Viardot. Vignettes de T. Johannot. *Paris, Dubochet*, 1836, 2 vol. gr. in-8, demi-rel., tête dorée. Net 40 fr.
Très bel exemplaire de premier tirage absolument non rogné. Très beau livre à figures sur bois.

71 **CERVANTÈS** Don Quichotte, traduit de l'espagnol par H. Bouchon Dubournial. *Paris*, 1822, 4 vol in-8, demi rel. mar v. Net 30 fr.
Bel exemplaire contenant plusieurs suites :
1° Suite de Grandville sur chine en premier tirage.
2° Une 2e suite de Grandville avec la lettre.
3° Suite de Blanchard en 3 états : avec la lettre, avant la lettre et eau forte pure.
4° Suite de Chasselas sur chine avant toute lettre.

72 **CERVANTÈS**. L'ingénieux hidalgo Don Quichotte de la Manche par Miguel de Cervantès Saavedra, traduction de Louis Viardot. *Paris, Hachette*, 1863, 2 vol. in-folio cart. toile. Net 80 fr.
Splendide ouvrage avec les dessins de Gustave Doré sur chine ; exemplaire de premier tirage. Rare.

73 **CHAMISSO** (Ad. de). Histoire merveilleuse de Pierre Schlémihl ou l'homme qui a perdu son ombre. *Paris*, 1888, gr. in-8 br. Net 5 fr.
Illustrations de H. Pille.

74 **CHAMPFLEURY**. Histoire de la Caricature moderne. *Paris, s. d.*, in-12 dem.-rel. Net 5 fr.

75 **CHAMPFLEURY**. Le violon de faïence. *Paris, Dentu*, 1877, dos et coins maroq. citr. (Bertrand). Net 30 fr.
Dessins en couleur d'Emile Renard ; eaux-fortes d'Adeline.

76 **CHAMPFLEURY**. Contes choisis. Les trouvailles de M. Bretoncel. La sonnette de M. Berloquin. M. Tringle. *Paris, Quantin*, 1889, in-8 br. Net 10 fr.
Nombreuses illustrations à l'eau-forte et en typographie par Van Muyden.

77 **CHAMPIER** (Victor). Le Musée du Louvre ; modèles d'art décoratif d'après les dessins originaux des maîtres anciens *Paris*, 1882, in-fol. non rel. en carton. (1 0 fr.) Net 60 fr.
50 grandes planches hors texte.

— Le même ouvrage, texte sur hollande, planches avec et avant la lettre (300 fr.) Net 100 fr.

78 **CHANET** (Henri. Le Badaud, fantaisie rimée et illustrée. *Paris*, 1880, gr. in-4, toile v Net 5 fr.

79 **CHANSONNIER** historique du 18e siècle publié avec introduction, commentaires, notes et index par Emile Raunié, orné de portraits à l'eau-forte par Rousselle. *Paris, Quantin*, 1879-1884, dos et coins mar. bl., tête dor., dos orné, couv. (Bretault) net 85 fr.
Exemplaire sur whatman qui n'avait pas été mis en vente ; les eaux-fortes y sont en deux états : avec la lettre sur hollande et avant la lettre sur japon.

— Le même, 10 vol. in-12 br., papier ordinaire. Net 25 fr.

80 **CHARTIER** (Jean). Chronique de Charles VII roi de France, nouvelle édition revue sur les manuscrits publiée avec notes, notices etc., par Vallet de Viriville. *Paris*, 1858, 3 vol in-12 brochés. Net 20 fr.
De la bibliothèque elzévirienne, ex. sur Chine : Très rare.

81 **CHASSE**. Traité de la chasse du lièvre à courre en Poitou texte de Louis de La Roulière *Paris*, 1888, in-4. n. rel. Net 15 fr.
Illustrations de R. Gaignard. Tiré à très petit nombre ; épuisé.

82 **CHASSE ILLUSTRÉE** (la). Journal des chasseurs et la vie à la campagne, 26e année *Paris*, 1893, in-fol. toile. Net 6 fr.
— Le même. 1879, in-folio toile, net 6 fr.

83 **CHEFS-D'ŒUVRE** (les) d'art à l'Exposition universelle de 1878, publié sous la direction de M. E. Bergerat. *Paris*, 1878, in-fol. n. rel., en carton. Net 35 fr.
Nombreuses reproductions hors texte par l'héliogravure.

84 **CHÉNIER** (André). Œuvres poétiques, précédées d'une étude sur André Chénier, par Sainte-Beuve, mises en ordre et annotées par Louis Moland. *Paris, Garnier*, 1884, gr. in-8, rel. d'amateur Net 15 fr.
Edition complète en un volume, ornée de gravures sur acier d'après les dessins de Staal.

85 **CHÉNIER** (André). Poésies, publiées avec une introduction nouvelle, par L. Becq de Fouquières. *Paris*, 1887, in-4, non rel. 200 fr.
Magnifique édition illustrée de 15 compositions de Bida, gravées à l'eau-forte par Courtry, Champollion, Monziès, en triple état : sur hollande, japon et peau de vélin.
Exemplaire sur japon : très rare.

86 **CHÉNIER** (André). Œuvres poétiques avec une notice et des notes par M. Gabriel de Chénier. *Paris, Lemerre, s d.*, 3 vol. in-18 br. Net 18 fr.
Exemplaire sur papier vergé : épuisé rare.

87 **CHEVIGNÉ** (Le Comte de).Les Contes rémois. *Paris*, 1858, gr in-8 br. 25 fr.
Dessins de Meissonier.

88 **CHEVIGNÉ** Le Comte de'.Les Contes rémois dessins de J. Worms gravés à l'eau-forte par P. Rajon *Paris, Librairie des Bibliophiles*, 1877, in-8, dos et coins, maroq r. tête dorée, n. rog (Smeers) Net 50 fr.
Un des rares exemplaires de format in-8 sur papier de Hollande.

89 **CLADEL** (Léon) L'amour romantique,préface par Octave Uzanne. *Paris*, 1882, p. in-8 br. 5 fr.
Illustrations de Ferdinandus, gravées par Gaujean, Beaumont et Puyplat.

90 **CLARIS** Notre école polytechnique ; texte et illustrations par Gaston Claris ancien élève de l'école *Paris*, 1895 in-4, toile r., tr. d (40 fr.) Net 18 fr

91 **CLOTILDE** Poésies inédites de Marguerite Eléonore Clotilde de Vallon et Chalys depuis Madame de Furville poëte français du 15e siècle. *Paris*, 1827, in-8 br. Net 8 fr.

92 **CONSTITUTION** (La) française présentée au roi par l'Assemblée nationale le 3 sptembre 1791, acceptée le 13 et le 14. *Paris* 1791, in-32, maroq. vert. fil., tr. d. Net 7 fr.
Reliure ancienne très fraiche.

93 **CORNEILLE** Polyeucte martyr,tragédie chrétienne en cinq actes. *Tours, Mame*, 1889, gr. in-4 br. (100 fr) Net 40 fr.
Edition de grand luxe avec introduction par Léon Gautier Un portrait de Corneille gravé par Burney, cinq eaux-fortes dessinées par A. Melgnan, nombreuses gravures sur bois d'après E. Garnier. Impression magnifique.

94 **COSTUMES** des Ballets du Roy : archives de l'Opéra : XVIIIe siècle, 20 planches en couleur par A. Guillaumot fils ; notice par C. Nuitter. *Paris* 1885, in-4, en carton. Net 15 fr.
Ex. sur japon.

95 **COURVAL SONNET**. Œuvres poétiques, publiées par P. Blanchemain. *Paris, Librairie des Bibliophiles*.1873. 3 vol. in-12,dos et coins mar. gr , fil.. tête dor (Bertrand). Net 10 fr.

96 **CRAFTY**.Sur le Turf; courses plates et steeple-chases ; texte et dessins par Crafty. *Paris*, 1899, gd in-8 br. Net 12 fr.
— Le même, cart. toile. Net 15 fr.

97 **DARZENS** (Rodolphe).Poëmes d'amour, musique de A. Chapuis. *Paris*, 1895. gr. in-8 br. Net 20 fr.
Exemplaire sur papier du Japon, non mis dans le commerce orné de 10 lithographies de Willette, *épreuves d'artiste* avec remarques
— Le même. Tirage à part des 10 lithographies sur papier du Japon. Epreuves d'Artistes avec remarques. Net 25 fr.

98 **DAUDET** (Alphonse).Numa Roumestan.mœurs parisiennes. *Paris*, 1881, in-12, demi-rel. bas. (couv.) Net 5 fr.
Edition originale.

99 **DAUDET** (Alphonse).Robert Helmont. Journal d'un solitaire *Paris* 1888, in 8. relié. 4 fr.
De la collection Guillaume ; dessins et aquarelles.

100 **DAUDET** (Alphonse). Tartarin de Tarascon. *Paris*, 1887, in-12, vélin blanc, tête dor. Net 15 fr.
De la collection Guillaume ; Papier du Japon. Exemplaire de premier tirage.

101 **D'AULNOY** (Madame) Le Prince Lutin et Fortunée, contes tirés des fées. *Troyes, s. d.*, in-12, demi toile. 3 fr.

102 **DAUMIER**. Les cent et un Robert-Macaire composés et dessinés par Daumier sur les idées et les légendes de Ch Philipon, réduits et lithographiés par M. M***. Texte par M. Alhoy et L. Huart. *Paris, Aubert*, 1839, 2 vol. in-4, cart., non rognés. Net 70 fr.
Bon exemplaire d'un ouvrage difficile à rencontrer complet et en bon état les faux titres, titres, catalogues des publications d'Aubert, tables, et les feuillets terminant chaque volume s'y trouvent. Les plats de la reliure sont couverts avec les couvertures des deux volumes.

103 **DAUMIER** Les cent et un Robert-Macaire composés et dessinés par Daumier sur les idées et les légendes de Ch. Philippon, réduits et et lithographiés par M M.** Texte par M. Alhoy et Louis Huart. *Paris, Aubert*, 1839, 2 tomes en 1 vol. in-4, demi-rel. Net 50 fr.

104 **DAVID** Le peintre Louis David 1748-1825 ; souvenirs et documents inédits par J L. Jules David, son petit-fils *Paris*, 1880, gr. in-4 br. Net 25 fr.
La suite d'eaux-fortes accompagne l'ouvrage.

105 **DAYOT** (Armand). Les médaillés du Salon de 1886. *Paris, Magnier*, in-fol., br. Net 10 fr.
Nombreuses gravures.

106 **DÉCORATION** (la polychrome d'après les étoffes anciennes. recueil historique et pratique avec des notes explicatives et une introduction générale par Dupont-Auberville. *Paris, s. d.*, in-fol., en carton. Net 45 fr.
100 planches en couleurs, or et argent, contenant les plus beaux motifs de tous les styles, art ancien et asiatique, moyen-âge, renaissance, XVIIe et XVIIIe siècles.

107 **DEHAYE** Sermons du R. P. Dehaye. provincial des minimes de Champagne *Paris*. 1789. Discours prononcés dans les assemblées de religieux. *Paris*, 1787, ensemble 4 vol. in-12, maroq. rouge. Net 10 fr.

108 **DELALAIN** (P.). Inventaire des marques d'imprimeurs et de libraires de la collection du Cercle de la Librairie. *Paris*, 1892, in-4 br. Net 6 fr.

109 **DELICADO** (Francisco). La Lozana Andaluza (La gentille Andalouse) XVIe siècle. traduit pour la première fois, texte espagnol en regard

par Alcide Bonneau. *Paris*, *Liseux*, 1888, 2 vol. in-8 br.

Réimpression tirée seule à 225 ex et devenue rare.

110 **DESARGUES** Manière universelle pour pratiquer la perspective par petit pied comme le Géométral, par A. Bosse, graveur en taille-douce *Paris*, 1647, in-8, v. br. 5 fr.

Nombreuses planches.

111 **DESSINS** Cent) de maîtres reproduits en fac-similé. *Paris*, 1885, in 4, toile Net 4 fr.

112 **D'HOZIER**. Généalogie de la maison des Poussards justifiée par Chartes, Titres, Arretz, Histoires et autres bonnes et certaines preuves par le sieur d'Hozier gentilhomme ordinaire de la maison du roy, faisant profession de Cognoissance des maisons illustres de France (1631). in-4, rel. plein maroquin Lavallière, filets à la Duseuil, dent. int., tranches dorées. (Pierson). Net 700 fr.

Très beau manuscrit sur parchemin ; le titre est encadré d'une magnifique miniature sur fond rouge rehaussé d'or. Le manuscrit de 43 feuillets, d'une belle écriture, est orné de nombreux blasons en miniature et d'une carte également en miniature contenant les 16 cartiers ou lignes tant paternelles que maternelles (sic) de M. du Vigean, l'un des descendants directs de la souche des Poussards.

Cette famille, dont l'origine date de 1340, sous Philippe de Valois, tire son origine de la maison royale de France et la rend l'alliée de tous les rois et princes de la chrétienté.

Plusieurs noms illustres figurent dans ce manuscrit authentique ; nous n'en citerons que quelques-uns pris au hasard parmi ceux connus de nos jours : De Mortemart, La Rochefoucauld, de Lansac, de Polignac, de Lignères, de Caumont, de Gontaut-Biron, de La Trémouille de Liancourt, de Turenne, de Lancastre, etc.

113 **DIDON** (Le père). Extraits de la correspondance de Voltaire, de tout ce qu'il a écrit sur la France, les Français et Paris, in-4, demi-rel. toile v. Net. 10 fr.

Manuscrit de 10 feuillets.

114 **DIONIS DUSÉJOUR** (Mlle). L'origine des Grâces. *Paris*, *Lemonnyer*, 1883, in-8, en feuilles dans un emboitage satin. Net 15 fr.

Tirage à 250 ex. sur Japon ; épuisé. Illustrations de Cochin.

115 **DIRECTOIRE** (le). Portefeuille d'un incroyable publié par Roger de Parnes, avec préface par Georges d'Heylli. *Paris*, 1880, dos et c. maroq. r., tête d., non rog. Net 10 fr.

116 **DIVE** (P.) et E. **DUCÉRÉ**. La belle armurière ou un siège de Bayonne au moyen âge. *Paris*, 1886, in-8, dos chag. gr., tête dorée. Net 12 fr.

— Le même ouvrage broché. Net 9 fr.

117 **DOLOPATHOS**. Li romans de Dolopathos, recueil de contes en vers du VIIe siècle publié par MM. Ch. Brunet et A. de Montaiglon. *Paris*, 1856, in-12 br. Net 8 fr.

De la bibliothèque elzévirienne, ex. sur chine : très rare.

118 **DORAT**. La déclamation théâtrale, poème didactique en quatre chants, précédé et suivi de quelques morceaux de prose. *Paris*, 1771, dos et coins chagr. r., tête dor. Net 6 fr.

Bon ex. non rogné, gravures d'Eisen, belles épreuves.

119 **DROZ** (G.). Monsieur, Madame et Bébé. *Paris*. *Havard*, 1878, gr. in-8, d.-rel. Net 25 fr.

Edition illustrée par Ed. Morin et ornée d'un portrait de l'auteur gravé par L. Flameng.

120 **DRUMONT** (Edouard). La dernière bataille. *Paris*, 1890, in-12 broché. Net 6 fr.

Ex. sur papier du Japon.
Edition originale.

121 **DRUMONT** (Edouard). Le testament d'un antisémite. *Paris*, 1891, in-12 br. Net 5 fr.

Exemplaire sur pap. de Hollande.
Edition originale.

122 **DU BARRY** (A.). Mystères amoureux des harems ou chronique scandaleuse de l'Orient. *Constantinople*, s. d., pet. in-8, d.-veau. Net 5 fr.

123 **DUCROS** (Emmanuel). En chemin de fer. Triolets dits par M. Mounet-Sully de la Comédie française. *Paris*, *s. d.*, in-fol. dans un cart. satin. Net 12 fr.

124 **DU FOUILLOUX** La Vénerie de Jacques du Fouilloux, seigneur du dit lieu, gentilhomme du pays de Gastine en Poictou par lui jadis dédiée au roy Charles neuviesme. (*Paris*, *chez Abel L'Angelier*, 1606). in-8, mar. rouge, filets, dos orné, dent. int., tr. dor. (rel. moderne). Net 175 fr.

Superbe exemplaire suivi de la chasse du loup, de la fauconnerie de Jean de Franchières, grand prieur d'Aquitaine Paris, Abel L'Angelier, 1607, et de celle de messire Artelouche de Alagona, seigneur de Maurucques, conseiller et chambellan du roy en Sicile.

Nombreuses figures sur bois.

125 **DUMAS** (Alexandre) Fils. Francillon, pièce en trois actes. *Paris*, 1887, in-8, demi-rel. chag. bl., tête d. Net 4 fr.

Edition originale

126 **DUMAS** (Alex). Gaule et France. *Paris*, 1833, in-8, demi-rel. chag. lav. Net 20 fr.

Edition originale ; très rare, envoi d'A. Dumas à son père.

127 **DUMORTOUS**. Histoire des conquêtes de Louis XV tant en Flandre que sur le Rhin, en Allemagne et en Italie, depuis 1744 jusques à la paix, conclue en 1748. *Paris*, 1759, in-fol., v. m. Net 35 fr.

Bel ouvrage enrichi d'estampes représentant les sièges et batailles, et de plans des principales villes assiégées conquises.

128 **ÉCOLE POLYTECHNIQUE**. Livre du centenaire 1794-1894. Tome 2. services militaires. *Paris*, 1894, gr. in-8 br. Net 15 fr.

Nombreux portraits.

129 **ÉDIT DU ROY** pour le réglement des imprimeurs et des libraires de Paris. *Paris*, 1731. in-18, veau. Net 3 fr. 50

130 **ÉMAUX DE PETITOT** (Les) du Musée du Louvre. Portraits de personnages historiques et de femmes célèbres du siècle de Louis XIV, gravés au burin, par L. Ceroni. *Paris*, *Blaisot*, 1862, in-4, demi-rel. maroq., dos orné, coins, tête dorée, n. rog. Net 200 fr.

Exemplaire contenant les portraits sur Chine, avant la lettre. Rare.

131 **ÉNAULT** (Louis). Londres. *Paris*, *Hachette*, 1876, in-folio, dos et coins maroq. br., tête d. (Champs). Net 90 fr.

Exemplaire sur Chine de ce bel ouvrage illustré par par Gustave Doré. Très rare.

— Le même, papier ordinaire. Reliure de l'éditeur. Net 30 fr.

132 **ÉROTOPSIE** ou coup d'œil sur la poésie érotique et les poètes grecs et latins qui se sont distingués en ce genre. *Paris*, 1802, in-8 bas. Net 3 fr.

133 **EXTRAIT** abrégé des vieux mémoriaux de l'abbaye de Saint-Aubin des Bois en Bretagne. *Paris*, 1853, in-12 br. Net 8 fr.

De la bibliothèque elzévirienne. ex. sur chine ; très rare.

134 **FABRE** (Ferdinand). Xavière. *Paris*, *Boussod. Valadon*, 1890, in-4, broch. Net 40 fr.

Bel ouvrage orné des charmantes illustrations de Boutet de Monvel.

135 **FAIENCE**. Carreaux en faïence italienne de la fin du XVe siècle et du commencement du XVIe siècle d'après les dessins originaux publiés par M. Meurer. *Paris*, 1885, in-folio non rel. en carton. Net 10 fr.
24 planches en couleur.

136 **FALAISE** (Jean de) Derniers contes. *Paris, Poulet-Malassis*, 1860, in-12, demi-maroq.vert, tête dor. Net 8 fr.

137 **FANNY LEAR**. Le roman d'une Américaine en Russies. *Paris*, 1875, in-12, demi-rel. chagr. Net 15 fr.
Anecdotes piquantes sur la cour de Russie. L'auteur fut chassée de Russie par ordre du Tzar.

138 **FARCE** (la) du Cuvier. Comédie du moyen âge arrangée en vers modernes par Gassies des Brulies. Gr. in-8, br. Net 3 fr. 50
7 compositions en taille-douce hors texte, par J. Geoffroy.

139 **FARCE** (la) du Pâté et de la Tarte. Comédie du XVe siècle, arrangée en vers modernes, par Gassies des Brulies. *Paris, s. d.*, grand in-8, broché. Net 6 fr.
Neuf composition en taille-douce, hors texte, par J. Geoffroy.

140 **FÉE** (la) Anguillette, conte nouveau. *Troyes, s. d.*, in-12, demi-toile. 3 fr.

141 **FELLENS** (J.). L'Inquisition dévoilée, mystères, délations, tortures. *Paris, s. d.*, in-8 toile, n. r. Net 12 fr.

142 **FEMMES MILITAIRES** (Les). Relation historique d'une isle nouvellement découverte, enrichie de figures (par L. Rustaing de St-Jory). *Amsterdam*, 1736, in-18, maroq. vert, non rog. *Figures*. Net 8 fr.
— Le même. 1739, même rel. Net 8 fr.

143 **FÉRÉAL** (V. de). Mystères de l'Inquisition et autres sociétés secrètes d'Espagne. *Paris*, 1845, in-8, demi-rel v. v. Net 8 fr.
200 dessins dans le texte et hors texte.

144 **FERRAND** (la Présidente). Lettres au Baron de Breteuil, suivies de l'histoire des amours de Cléante et de Bélise et des poésies d'Antoine Ferrand, précédée d'une notice biographique par E. Asse *Paris*, 1880, in-12, demi-chag. r. Net 4 fr.
Exemplaire sur hollande.

145 **FIGUIER** (Louis) Les Grandes inventions anciennes et modernes dans les sciences, l'industrie et les arts. *Paris*, 1861, gr. in-8 br Net 3 fr. 50

146 **FIGUIER** (Louis) La Terre avant le déluge. *Paris*, 1864, gr. in-8 br. net 3 fr. 50
Ouvrage contenant 25 vues idéales de paysages de l'ancien monde, dessinées par Riou, 325 figures et 8 cartes géologiques coloriées.

147 **FLOIRE ET BLANCHEFLOR**, poèmes du 13e siècle, publiés d'après les manuscrits avec introduction, notes et glossaire par Edélestand Du Méril. *Paris*, 1856, in-12 br. Net 8 fr.
De la bibliothèque elzévirienne ex. sur chine, très rare.

148 **FLORIAN**. Œuvres. Théâtre 3 vol. Gonzalve de Cordoue 3 vol. ; Nouvelles 2 vol. ; Numa Pompilius 2 vol ; Galatée 1 vol. Estelle 1 vol. Fables 1 vol., Mélanges 1 vol., Eliézer 1 vol., Vie 1 vol. Ens. 16 vol. in-18 v., tr. dor. Net. 10 fr.
Jolies figures de Queverdo.

149 **FORGEAIS** Collection de plombs historiés trouvés dans la Seine. 1re série : Méreaux des corporations de métiers 2e série : Enseignes de pèlerinages. 3e série : variétés numismatiques. 4e série : Imagerie religieuse. 5e série numismatique populaire. *Paris*, 1862-1866 5 vol. in-8 br. Net 20 fr.
Nombreuses gravures.

150 **FRANCE** (Anatole) Les Opinions de M. Jérôme Coignard recueillies par Jacques Tournebroche. *Paris*, 1893, in-12 br. couv. Net 8 fr.
Edition originale.

151 **FRANCE** (Anatole). Les Poèmes dorés. Paris, 1873 — Les Noces corinthiennes, *Paris*, 1876, Ens. 2 vol. in-12, dem-rel. ch. gr. Net 60 fr.
Edition originale.
Ces deux ouvrages sont devenus très rares ; envois d'auteur à Fr. Sarcey.
Le vol. : Les Noces Corinthiennes, contient de nombreuses corrections autographes de F. Sarcey

152 **FRÉDOL** (Alfred). Le monde de la mer. *Paris*, 1866, gr. in-8, demi-rel. Net 15 fr.
22 planches en couleur, 14 planches en noir et 320 vignettes dans le texte.

153 **FOURNIER** (Edouard). L'Esprit des autres, 1 vol. — L'Esprit dans l'histoire, 1 vol. Ens. 2 vol. in-12 br. Net 6 fr.

154 **FROEHNER** (W.). Les Musées de France recueil de monuments antiques. *Paris, Rothschild*, 1873, in-fol. non rel. en carton. (100 fr.) Net 25 fr.

155 **GALERIE** historique des comédiens françois de la troupe de Voltaire, avec détails biographiques inédits par E. de Manne. *Lyon*, 1873, pet. in-8 br Net 9 fr.
Epuisé, rare ; nombreux portraits gravés à l'eau-forte.

156 **GALERIE** historique des comédiens françois de la troupe de Voltaire gravés à l'eau-forte par Henri Lefort, avec détails biographiques, par E de Manne. *Lyon*, 1877, in 8, dos et coins maroq. bl., dos orné. Net 12 fr.

157 **GANTEZ** L'entretien des musiciens publié d'après l'édition d'Auxerre 1643, avec préface, notes, etc., par E. Thoinay. *Paris, Claudin*, 1878, in-12, maroq. pl. gr., fil., dos orné, tr. d. Net 25 fr.
Beau portrait de Gantez en quadruple état : noir, bistre et sanguine avec la lettre, et noir avant la lettre. Exemplaire sur Chine.

158 **GAUCHET** (Claude). Le plaisir des champs avec la vénerie, volerie et pescherie poëme en quatre parties, revu et annoté par P. Blanchemain *Paris*, 1869, in-12 br. Net 10 fr.
De la bibliothèque elzévirienne Ex. sur chine, rare

159 **GAUTIER** (Théophile). Militona. *Paris Conquet*, 1887, in-8 broché dans un emboîtage. Net 60 fr.
Edition ornée de un portrait et dix compositions de A. Moreau, gravés par A. Lamotte. Edition épuisée.

160 **GAUTIER** (Théophile). La nature chez elle. *Paris*, 1870. in-fol. en feuilles ; net 8 fr.
Eaux-fortes de K. Bodmer.

161 **GAUTIER** (Théophile). Poésies. *Paris, Lemerre*, 1890 3 vol. in-18 br , net 15 fr.
Exempl. sur papier vergé

162 **GAVARNI** D'après nature, texte par J. Janin, P. de Saint-Victor, E. Texier, E. et J. de Goncourt. *Paris, s. d.*, in-fol., toile, net 5 fr.

163 **GERMONT** (Louis). Loges d'artistes. *Paris, Dentu*, 1889, in-8 broché. 5 fr.
Nombreux dessins dans le texte et hors texte par F. Fournery.

164 **GERSON**. De l'imitation de Jésus-Christ, traduite d'après un manuscrit de 1440, par l'abbé Delaunay. *Paris, Tross*, 1869, in-8 br. Net 5 fr.
Exemplaire sur chine, rare. Belle édition dont toutes les pages sont ornées d'un encadrement sur bois imitant les livres des XVe et XVIe siècles.

165 **GIRAUD** (J. B.). Les arts du Métal, recueil descriptif et raisonné des principaux objets ayant figuré à l'exposition de 1880 de l'union centrale des Beaux-Arts. *Paris*, 1881, in-fol., non rel. Net 70 fr.
60 planches en héliogravure hors texte ; exemplaire sur hollande. Publié à 300 fr., avec une double suite des planches avant et avec lettre.

166 **GLATIGNY** (Albert).Le Fer rouge, nouveaux châtiments.*Bruxelles*,1871, in-18 br. Net 3 fr.50
Petit volume rare.

167 **GLOSSARIUM** eroticum linguæ latinæ sive theogoniæ, legum et morum nuptialium apud romanos explanatio nova. *Paris*,1826, in-8 br. Net 12 fr.

168 **GODEFROY** (Frédéric).La mission de Jeanne d'Arc. *Paris*, 1878, gr. in-8 br. Net 10 fr.
Ouvrage illustré d'un portrait, d'encadrements, de culs-de-lampe et de 14 grandes compositions imprimées en camaïeu.

169 **GŒTHE**. Werther, traduction nouvelle précédée de considérations sur Werther et en général sur la poésie de notre époque par Pierre Leroux, accompagnée d'une préface par George Sand. *Paris*, 1845, in-8, cart. toile, tr. d Net 15 fr.
Eaux-fortes sur papier de Chine avec le nom de l'artiste à la pointe et avant la lettre. Bon exemplaire du 1er tirage.

170 **GONCOURT** (Edmond et Jules de) Germinie Lacerteux. *Paris, Lemerre* (*Bibl. littéraire*), 1876, in-12 br., net 3 fr.
Envoi d'auteur.

171 **GONCOURT** (E. et J. de). La Lorette, avec un dessin de Gavarni,gravé par J de Goncourt. *Paris, Charpentier*, 1883, in-18 br., net 10 fr.
Ex. sur Japon.

— Le même, sur papier de Hollande, Net 6 fr.

— Le même, sur papier whatman. 10 fr.

172 **GONCOURT** (Edmond et Jules de).Madame de Pompadour. *Paris*, 1888, in-4 br. Net 20 fr.
Nouvelle édition revue et augmentée de lettres et documents inédits, illustrée de 55 reproductions sur cuivre. Exemplaire en grand papier vélin.

173 **GONCOURT** (E. et J. de). Renée Mauperin. *Paris*, 1884, gr. in-8 broché. net 25 fr.
Tiré à petit nombre : épuisé Dix eaux-fortes de James Tissot.

174 **GONCOURT**. Sophie Arnould d'après sa correspondance et ses mémoires inédits. *Paris, Dentu*, 1877, gr. in-8 br. Net 15 fr.
Exemplaire sur papier de Chine, contenant un portrait de Sophie Arnould dessiné et gravé à l'eau-forte par François Flameng. Encadrements à chaque page.

175 **GONET** (Gabriel de). Tableau de la littérature frivole en France depuis le 11e siècle jusqu'à nos jours ou Musée des Chansons et des poésies légères. *Paris, s d.*, gr. in-4 br. Net 40 fr.
45 grandes compositions gravées à l'eau-forte.

176 **GOUFFÉ** (Jules). Le livre de cuisine comprenant la cuisine de ménage et la grande cuisine. *Paris*, 1867, gr. in-8, toile verte. Net 12 fr.
25 planches en chromolithographie et 161 vignettes sur bois dessinées d'après nature par E. Ronjat. Excellent ouvrage très estimé.

177 **GOURDAULT** (Jules). L'Italie. *Paris*, 1890, in-fol. br. Net 30 fr.
Très bel ouvrage illustré de 450 gravures sur bois. Epuisé.

— Le même ouvrage, toile, tr. d. (rel. de l'éditeur). Net 35 fr.

178 **GRAFFIGNY** (Mme de). Lettres d'une péruvienne traduites du français en italien par M. Deodati. *Paris*, 1797, in-8 mar. v. ol. fil., tranches dorées. Net 60 fr.
Bel exemplaire. Edition ornée du portrait de l'auteur gravé par Gaucher et de 6 charmantes gravures d'après les dessins de Le Barbier.

179 **GRAND-CARTERET** (J.). Les mœurs et la caricature en France *Paris*, 1888, in-4 broché. Net 30 fr.
Ouvrage illustré de 8 pl. en couleur, 45 pl. hors texte et 490 illustrations dans le texte. Epuisé et rare.

180 **GUÉRANGER** (Dom). Sainte Cécile et la Société romaine aux deux premiers siècles. *Paris*, 1874, in-4 br. Net 15 fr.
Ouvrage contenant deux chromolithographies, cinq planches en taille-douce, et deux cent cinquante gravures sur bois. Exemplaire sur papier à la forme.

181 **GUICHARD** (Ed.). Dessins de décoration des principaux maîtres, 40 planches réunies et reproduites en deux états ; avant et avec lettre, en noir et en couleur. *Paris*, 1886, in-fol. n. rel. en carton. Net 40 fr.
Manque 1 planche double.

182 **GUIFFREY** (Jules). Antoine Van Dyck, sa vie, son œuvre. *Paris*, Quantin, in-fol. non rel. en carton. (300 fr). Net 100 fr.
Exemplaire whatman avec les planches en triple état : avec la lettre sur hollande, avant la lettre sur Japon, et en sanguine sur vélin.

183 **GUILLEMIN** (Amédée). Les Comètes. *Paris*, 1875, gr. in-8 br. Net 7 fr.
78 figures dans le texte et 11 grandes planches tirées à part.

184 **GUIPAVA** (le C). Les tableaux du muséum en vaudevilles, ouvrage dédié à Mr Frivole *Paris, an IX* , in-18 demi-rel. 4 fr.
Frontispice colorié ; ex-libris.

186 **HARAUCOURT** (Edmond). Héro et Léandre. *Paris*, 1893, in-12 br. Net 2 fr. 50
Envoi d'auteur à H. Pessard.

187 **HARAUCOURT** (Edmond). La Passion, mystère en deux chants et six parties. *Pari*, 1890, in-12 br. Net 3 fr. 50
Envoi d'auteur à H. Pessard.

188 **HARAUCOURT** (Edmond). Shylock, comédie en trois actes et sept tableaux en vers d'après Shakespeare. *Paris*,1889,in-12 br. Net 3 fr.
Envoi d'auteur à H. Pessard.

189 **HENNIN** (Michel). Histoire numismatique de la Révolution française ou description raisonnée des médailles, monnaies, et autres monuments numismatiques relatifs aux affaires de la France depuis l'ouverture des Etats-Généraux jusqu'à l'établissement du Gouvernement consulaire. *Paris*, 1826, texte et planches rel. en un vol. in-4, dos et coins ch. bl. n. rog. Net 50 fr.
Bel exemplaire. Ouvrage estimé et rare.

190 **HEPTAMÉRON** (l') de la Reine de Navarre. *Paris, Librairie des Bibliophiles*, 1870, 8 vol. in-12 br. Net 50 fr.
Eaux-fortes de Flameng. Epuisé et rare.

191 **HERVÉ** (Dr). Le Panthéon et temple des oracles où préside Fortune, dédié au Roy. *Paris*, 1858, in-12 br. Net 8 fr.
De la bibliothèque elzévienne ; ex. sur chine. rare.

192 **HERVILLY** (Ernest d'). Les Bêtes à Paris, 36 sonnets. *Paris, Launette, s. d.*, in-4, dos et c. maroq. Net 10 fr.
Chaque page est illustrée de beaux dessins de Fraipont. Exemplaire sur papier du Japon.

193 **HISTOIRE** des nobles prouesses et vaillances de Gallien Restauré, fils du noble Olivier, le Marquis, et de la belle Jacqueline, fille du

roi Hugon. Empereur de Constantinople. *Troyes, s. d*, in-4, d· et c. mar. v. Net 12 fr.

194 **HISTOIRE** et Cronicque du Petit Jehan de Saintré et de la Jeune Dame des Belles Cousines sans aultre nom nommer, collationnée sur les manuscrits de la Bibliothèque Royale, et sur les éditions du XVIe siècle. *Paris*, 1830, in-8 gothique, cart. n. rog. Net 20 fr.

Epuisé et rare.

195 **HISTOIRE** galante de Monsr le Duc de Lausun avec Mademoiselle. *S. l. n. d.*, in-8, v. br. 25 fr.

Manuscrit d'une bonne écriture du XVIIIe siècle contenant 123 feuilles.

196 **HISTOIRE** de Jules César. *Paris*, 1865, 2 vol. gr. in-8 de texte et un atlas in-fol. dos et coins chag. v., tête dor. Net 15 fr.

197 **HITOPADÉSA**. Hitopadésa ou l'Instruction utile, recueil d'apologues et de contes, traduit du sanscrit par E. Lancereau. *Paris*, 1855, in-12 br. Net 8 fr.

De la bibliothèque elzévirienne, ex. sur chine, rare.

198 **HOCHE** (Jules). Le Pays des Croisades. *Paris, s. d.*, in-4, dos et coins, ch. v., tête d. Net 20 fr.

Ouvrage illustré d'un nombre considérable de gravures et d'une carte de la Palestine.

199 **HOFF** (le Major). Les grandes manœuvres, illustrations par Edouard Detaille. *Paris*, 1884. in-fol. cart. dos et c. toile ; net 8 fr.

200 **HOLBEIN** (Hans). L'alfabeto della morte. *Paris. Tross*, 1856, in-8 br. Net 3 fr.

Réimpression tirée à très petit nombre.

201 **HOUSSAYE** (Arsène). Poésies : la poésie dans les bois, le foin et le blé, les paradis perdus, Sapho, les cent et un sonnets, poèmes antiques, poèmes romantiques. *Paris. Dentu*, 1877, in-12, dos et coins maroq. vert, tête dor. dos orné. Net 7 fr. 50

202 **HUGO** (Victor). L'année terrible. *Paris, Michel Lévy*, 1874, gr. in-8 br. Net 7 fr.

Illustrations dans le texte et hors texte par L. Flameng et D. Vierge. Exemplaire de premier tirage.

203 **HUGO** (Victor). Hernani, drame en cinq actes. *Paris, Conquet*, 1890, in-8 broché ; net 25 fr.

Exemplaire numéroté de cette jolie édition tirée à 500. L'illustration comprend un portrait d'après Dévéria et quinze compositions de Michelena gravées à l'eau-forte par Boisson.

204 **HUGO** (Victor.) Œuvres : poésie T. 3 : les *Orientales. Paris, Renduel*, 1844, in-8 br. (couv). Net 5 fr.

205 **HUGO** (Herm.). Pia Desideria. *Mediolani*, 1634, in-16, demi-rel. chag. Net 8 fr.

Un titre gravé et 45 fig. à l'eau-forte.

206 **HUGO** (Victor). Suite d'eaux-fortes dessinées par Flameng, gravées par Lalauze pour l'illustration des Œuvres complètes de Victor Hugo. *Paris, Hébert, s. d.*, in-4 en 10 cartons. Net 65 fr.

Magnifique suite tirée à très petit nombre ; épreuves avant la lettre sur pap. vergé.

207 **HURTADO DE MENDOÇA**. Aventures de Lazarille de Tormes, écrite par lui-même. *Paris*, 1865, gr. in-8 br. Net 5 fr.

Dessins par Horace Castelli, gravure par Hildibrand.

208 **HURTREL** (Mme A.). La femme, sa condition sociale depuis l'antiquité jusqu'à nos jours. *Paris, Hurtrel*, 1887, gr. in-8 cart. Illustré de quantité de gravures Net 7 fr.

209 **HUYSMANS** (J. K.). A vau-l'eau. *Paris*, 1894, in-32 demi-toile Net 3 fr. 50

Portrait de l'auteur gravé à l'eau-forte par Delatre.

210 **IMITATION** (L') de Jésus-Christ, précédée d'une préface par Louis Veuillot. *Paris, Glady*, 1876, in-8 broché (100 fr.) net. 40 fr.

Exemplaire sur papier de chine avec les eaux-fortes avant la lettre. Belle édition tirée à petit nombre.

Epuisé ; très rare.

—Le même ouvrage, gr. pap. de Hollande. Eaux-fortes avant lettre. 100 fr. Net 40 fr.

—Le même ouvrage, pap. ord[re]. (50 fr.) net 15 fr.

211 **JACQUEMART** (A.). Les merveilles de la céramique ou l'art de façonner et décorer les vases en terre cuite, faïence, grès et porcelaine depuis les temps antiques jusqu'à nos jours : 1re partie : Orient ; 2e partie : Occident, antiquité, moyen-âge et renaissance ; 3e partie : Occident, temps modernes. *Paris*, 1868-1870, 3 vol. in-12. Toile bl. (cart. de l'éditeur). Net 15 fr.

Epuisé ; très rare.

— Le même ouvrage. 3 vol. demi-bas. bl. Net 15 fr.

212 **JEHAN DE PARIS**. Le Roman de Jehan de Paris précédé d'une notice par E. Mabille. *Paris*, 1855, in-12 br. Net 6 fr.

De la bibliothèque elzévirienne ; ex. sur chine, rare.

213 **JEUX** de cartes tarots et de cartes numérales du 14e au 18e siècle, gr in-4. *Paris*, 1844, maroq. pl. rouge, fil, tr. dor., étui. (Masson-Debonnelle) Net 200 fr.

Splendide publication faite par les soins et aux frais de la société des Bibliophiles Français, etc., contient cent planches, dont vingts cinq en couleur, de reproductions de cartes. Cet ouvrage est entièrement épuisé. Magnifique reliure très fraiche.

214 **JOUIN** (Henry). David d'Angers, sa vie, son œuvre, ses écrits et ses contemporains. 2 vol. gr. in-8 br. Net 18 fr.

Ouvrage illustré de deux portraits de David d'Angers et de 23 planches hors texte.

215 **JULLIEN** (Amédée). La Nièvre à travers le passé, topographie historique de ses principales villes. *Paris, Quantin*, 1883, in-fol. br. (125 fr.) net 40 fr.

Bel ouvrage tiré à très petit nombre, illustré de 33 grandes planches hors texte.

216 **LA BORDE** (de). Choix de chansons mises en musique. *Rouen, Lemonnyer*, 1881, 4 vol. gr. in-8, broché. Net 60 fr.

Réimpression de la célèbre édition de 1773 devenue si rare, reproduction en taille-douce des belles estampes de Moreau.

217 **LACROIX** (Paul). Les arts au moyen-âge et à l'époque de la Renaissance. *Paris*. 1869, in-4, dos ch. r., pl. t., tr. d. (rel. de l'éditeur) Net 25 fr.

Ouvrage illustré de 19 planches en chromolithographie et de 400 gravures sur bois.

218 **LACROIX** (Paul). Mœurs, usages et costumes au moyen-âge et à l'époque de la Renaissance. *Paris*, 1874, in-4 dos et coins ch. r., tête d (rel de l'éditeur) Net 25 fr.

Ouvrage illustré de 15 planches en chromolithographie et de 440 gravures.

219 **LACROIX** (Paul). Sciences et lettres au moyen-âge et à l'époque de la Renaissance. *Paris*, 1877, dos et coins ch. r., tête d. (rel. de l'éditeur) Net 25 fr.

Ouvrage illustré de 13 chromolithographies et de 400 gravures sur bois.

220 **LACROIX** (Paul). Vie militaire et religieuse au moyen-âge et à l'époque de la renaissance. *Paris*, 1873. in-4. dos et coins ch. r., tête d. (Rel. de l'éditeur). Net 25 fr.

Ouvrage illustré de 14 chomolithographies et de 409 figures sur bois.

221 **LACROIX** (Paul). XVIIe siècle, institutions, usages et costumes, 1590-1700. *Paris*, 1880. in-4, dos ch. r., pl. t., tr. dor. (Rel. de l'éditeur). Net 25 fr.

Ouvrage illustré de 16 chromolithographies et de 300 grav. sur bois.

222 **LACROIX** (Paul). XVIIe siècle : lettres, sciences et arts, 1590-1700. *Paris*, 1882, in-4, dos, ch. r., pl. t., tr. d. (Rel. de l'éditeur). Net 25 fr.

Ouvrage illustré de 17 chromolithographies et de 300 gravures sur bois.

223 **LACROIX** (Paul). XVIIIe siècle ; institutions, usages et costumes, 1700-1789. *Paris*. 1875, in-4, dos ch. r., pl. t., tr. d. (Rel. de l'éditeur). Net 25 fr.

Ouvrage illustré de 21 chromolithographies et de 350 gravures sur bois.

224 **LACROIX** (Paul). XVIIIe siècle ; lettres, sciences et arts, 1700-1789. *Paris*. 1878, in-4, dos ch. r., pl. t., tr. d. (Rel. de l'éditeur) Net 25 fr.

Ouvrage illustré de 16 chromolithographies et de 250 gravures sur bois.

225 **LAFONTAINE**. Contes. Amsterdam. 1762. (*Paris*), 2 vol. pet. in-8, maroquin rouge, dos orné, 3 filets sur les plats, dentelles intérieures, tranches dorées. Net 600 fr.

Très bel exemplaire en reliure ancienne, très fraîche. Parmi les livres illustré du XVIIIe siècle, cette édition des *Contes de Lafontaine* dite des *Fermiers généraux*, est celle dont l'ensemble est le plus beau et le plus agréable, elle est orné du portrait de Lafontaine d'après Rigaud gravé par Picquart, et de celui de Choffard par lui-même, de *80 figures* par *d'Eisen*, et de 4 vignettes et 53 culs de lampe par Choffard. Les figures du Cas de conscience et du Diable de Papefiguière sont découvertes.

226 **LAFONTAINE**. Contes et Nouvelles en vers, édition revue et précédée d'une notice par A. de Montaiglon. *Paris, Rouquette*, 1883, 2 vol. in-8 br. Net 25 fr.

Estampes de Fragonard, Monnet, etc., gravées d'après les dessins originaux par Le Rat, Milius, Mongin et R. de Los Rios.

227 **LAFONTAINE**. Contes et Nouvelles en vers. *La Haye*, 1778, 2 vol. in-32, maroq. pl. gr., tr. d. Net 15 fr.

228 **LA FONTAINE**. Suite d'estampes dessinées par Lancret, Pater, Eisen, Boucher, etc., pour illustrer les Contes de La Fontaine, gravées au burin par Depollier aîné. *Paris*, 1883, gr. in-4 en livraisons. (125 fr.) Net 15 fr.

Splendide collection de 40 planches. Belles épreuves de 3e état avant la lettres sur vergé.

— La même suite, japon avec la lettre. (100 fr.) Net 12 fr.

229 **LA FONTAINE**. Figures de Fragonard gravées par Martial, destinées à orner l'édition Didot 1795. *Paris*. *Rouquette*, s. d., 57 pl. in-fol., non rel. Net 70 fr.

Suite à l'état d'eau-forte pure avec remarques, parue à 500 fr.

— La même suite en 3e état avec les noms à la pointe ; on y a joint un portrait de La Fontaine par Rigault et un portrait de Fragonard par Le Carpentier. Net 50 fr.

230 **LAFORGE** (Edouard). La Vierge type de l'art chrétien, histoire, monuments, légendes. *Lyon*. 1864, in-4, demi-rel. maroq. bl., tête dor. Net 10 fr.

Bel ouvrage sur papier teinté imprimé par Perrin de Lyon.

231 **LA GUETTE**. Mémoires de Madame de La Guette, écrits par elle-même, précédés d'une notice par M. Moreau. *Paris*, 1856, in-12 br. Net 8 fr.

De la bibliothèque elzévirienne ; ex. sur chine, rare.

232 **LAMARTINE** (A. de). Histoire des Girondins. *Paris*, 1865-66. 3 vol. gr. in-8, demi-rel. chag. gr. Net 15 fr.

Edition contenant un grand nombre de gravures ou portraits.

233 **LAMARTINE**. Œuvres poétiques : recueillements poétiques, troisièmes méditations poétiques, secondes méditations poétiques, poésies diverses (*Paris, Hachette*, 1869). In-8, broché. (40 fr.) Net 10 fr.

Exemplaire sur chine du tirage en grand papier. Jolie édition imprimée en caractères elzéviriens, encadrée d'un filet rouge.

234 **LAMARTINE** (de) Jocelyn, épisode. *Paris, Librairie des Bibliophiles*. 1885, pet. in-8, dos et coins, ch. r., tête d. Net 20 fr.

Dessins de Besnard, gravés par de Los Rios et un portrait gravé par Champollion.

Epuisé.

— Le même, broché. Net 18 fr.

235 **LANÇON** (A.) Les Trappistes, album de 10 dessins gravés à l'eau-forte. *Paris*. *Quantin*, in-fol, n. rel. Net 10 fr.

236 **LAPORTE**. Bibliographie clérico-galante ; ouvrages galants ou singuliers sur l'amour, les femmes, le mariage, le théâtre. *Paris*, 1879, in-8, br. Net 3 fr.

237 **LAS-CASES**. Mémorial de Ste-Hélène, suivi de Napoléon dans l'exil par O'Meara et Antomarchi et de l'historique de la translation des restes mortels de l'Empereur Napoléon aux Invalides. *Paris*. *Bourdin*, 1842, 2 vol. gr. in-8, demi-rel. Net 22 fr.

Illustré par Charlet de 500 vignettes et 29 grandes planches gravées sur bois, tirées sur Chine. Exemplaire de premier tirage.

239 **LE GONIDEC**. Dictionnaire français-breton, 1847. — Dictionnaire breton-français, 1850. Ensemble 2 vol. pet. in-4, demi-rel. ch. v. Net 30 fr.

240 **LE MAOUT** (E.) et **DECAISNE**. Traité général de Botanique descriptive et analytique, organographie, anatomie, physiologie, iconographie et description des familles. *Paris*, 1876, gd in-8, demi-rel. ch. v. pl. t. Net 12 fr.

Ouvrage contenant 5.500 figures.

241 **LE MAIRE DE BELGES**. Des illustrations de Gaulle, et singularitez de Troyes, contenant troy parties, avec l'Epistre du roy Hector de Troye, le traicté de la différence des scismes et des concilles, la vraye hystoire et non fabuleuse du prince Syach Ysmaïl dict Sophy. Le tout composé par Jean Le Maire de Belges. Avec plusieurs autres additions faictes par le dict autheur. *Nouvellement revu et corrigé, imprimé à Paris 1548. On les vend à Paris à la rue Sainct Jacques à l'enseigne du Loup, par Poncet le Preux*. A la fin : *Cy finissent les illustrations de Gaule, à jamais florissant auxquelles a été adiousté le Temple d'honneur et de vertu. Nouvellement imprimées à Paris, l'an mil cinq centz quarante neuf par Jehan Real demourant au dict lieu*. In-4, lettres rondes, maroquin noir, filets à froid et fleurs de lys sur les plats, dos orné, dent. intér., tr. peigne. Net 80 fr.

Bel exemplaire très bien conservé dans une bonne reliure moderne.

242 **LE NOBLE**. L'Allée de la seringue ou les Noyers, poëme héroïque en quatre chants, 1677, pt. in-8, demi-rel. toile bl. Net 2 fr.

243 **LE ROUX** (Hugues). Les jeux du cirque et la vie foraine. *Paris*, s. d., gd. in-8, br. Net 12 fr.

Illustrations en couleur par Jules Garnier.

244 **LE SAGE**. Histoire de Gil Blas de Santillane. *Paris, Paulin*, 1835, gd in-8, demi-rel. chag. r. Net 10 fr.

Premier tirage, très rare ; bon exemplaire de

cette édition contenant les vignettes de Jean Gigoux. Raccommodage à la page 593.

245 **LE SAGE**. Histoire de Gil Blas. *Paris, Dubochet*, 1838, in-8, demi-rel. Entièrement non rogné. Net 10 fr.
Vignettes de J. Gigoux.

246 **LESAGE**. Œuvres, avec notice et notes par A. P.-Malassis. *Paris Lemerre*, 1877-1879, 5 vol. in-18, dos et coins mar. bl., tête dor. Net 20 fr.
Ex. sur pap. vergé.

247 **LEVRETTE** (la) en pal'tot. *Paris*, s. d. plaq. gr. in-8, entièrement gravée à l'eau-forte, pap. de Chine. Net 5 fr.
Tirage à très petit nombre ; très rare.

248 **LIÉGARD** (Stephen). La côte d'azur. *Paris*, 1894, in-8, demi-chag. Net 10 fr.
Ouvrage épuisé ; nombreuses illustrations.

249 **LIREUX** (Auguste). Assemblée nationale comique, illustrée par Cham. *Paris*, 1850, gd. in-8, d.-chag. r., pl. t., tr. d. Net. 20 fr.
Edition originale : bon exemplaire. Très rare.

250 **LIVRE DES BALLADES** (le) soixante ballades choisies. *Paris Lemerre*, 1876, in-8, broché. Net 5 fr.
Jolie édition encadrée d'un filet rouge.

251 **LONGUS**. Daphnis et Chloé. Trad. d'Amyot. *Paris, Librairie des Bibliophiles*, 1872, in-12 dos et coins maroq. vert, tête dorée (David). Net 20 fr.
Jolie édition illustrée de compositions d'Emile Lévy, gravées à l'eau-forte par Flameng et de dessins de Giacomelli gravés sur bois par Rouget et Sargent.

252 **LOTI** (Pierre). Madame Chrysanthème, illustrations de Rossi et de Myrbach, gravées par Ch. Guillaume. *Paris, E. Guillaume*, 1888, in-12 broché, dans un carton blanc, orné d'une sculpture de Falguière. Net 35 fr.

253 **LOUVET DE COUVRAY**. Les amours du chevalier de Faublas. *Paris*, 1884, 4 vol. in-32 demi-rel. ch. laval Net. 10 fr.
4 gravures d'après Marillier.

254 **LOUVET DE COUVRAY**. Les aventures du chevalier de Faublas ; nouvelle édition. *Bruxelles*, 1883, 4 vol. in-12 demi-rel. Net. 12 fr.
8 gravures sur acier.

255 **LOUVRE**. Sculptures, bas-reliefs et statues du musée des antiques et d'après Jean Goujon, Germain Pilon. 30 planches dessinées et gravées par Vanthier et Lacour. *Paris, s. d.*, in-fol. cart. Net. 10 fr.
30 planches gravées au trait.

256 **LUTHMER** (Ferdinand). Joaillerie de la Renaissance d'après des originaux et des tableaux du XVe au XVIIe siècle. *Paris, Quantin*, pet. in-fol. dans un carton. Net. 45 fr.
30 planches en noir et en couleur de reproductions de bijoux.

257 **MAGIE**. Secrets merveilleux de la magie naturelle et cabalistique du Petit Albert. *Lyon*, 1665, in-12 cart. Réimpression. Net 5 fr.

258 **MAGIE**. Les secrets merveilleux de la magie naturelle du Petit Albert. *Lyon*, 1668, in-12 demi-veau f. Réimpress on. Net. 15 fr.
Curieuses figures mystérieuses d'astrologie, physionomie, etc.

259 **MAGNY** (Olivier de). Les Amours, texte original avec notice par E Courbet. *Paris, Lemerre*, 1874. in-18, dos et coins mar. r., fil., tête d. Net 6 fr.

260 **MAGNY** Les Odes d'Olivier de Magny de Cahors en Quercy. *Lyon*, 1876, in-8 rel. d'amateur. Net. 10 fr.

260 *bis* **MAGNY** (Olivier de). Les soupirs, texte original avec notice par E Courbet. *Paris*, 1878, in-12, dos et coins, mar. r., tête dorée. Net 6 fr.

261 **MAISTRE** (Xavier de). Voyage autour de ma chambre. *Paris*, 1878, in-8, dos et coins, maroq. vert. Net 10 fr.
Edition encadrée d'un filet rouge et illustrée de gravures à l'eau-forte.

262 **MAISTRE** (Xavier de). Voyage autour de ma chambre. *Paris, Lemerre*, 1878, in-8, broché. Net 6 fr.
Jolie édition encadrée d'un filet rouge ; eaux-fortes de Dupont.

263 **MAITRES** (les) dans les arts du dessin par Lelius. *Paris*, 1868, in-fol. toile r. Net 15 fr.
25 portraits gravés sur acier d'après les tableaux originaux du Louvre et des galeries de Florence

264 **MALLET**. Comptes rendus de l'administration des finances du royaume de France sous Henri IV, Louis XIII et Louis XIV. *Londres*, 1789, in-4 v. rac. Net 40 fr.
Exemplaire aux armes de Napoléon 1er, provenance rare.

265 **MARCO DE SAINT-HILAIRE** (E.). Histoire de la campagne de Russie pendant l'année 1812 et de la captivité des prisonniers français en Sibérie. *Paris, s. d.*, 2 vol. in-8 demi-rel. Net. 25 fr.
Nombreuses reproductions des uniformes de l'époque.

266 **MARTEL** (E A.). Les Abîmes, eaux souterraines, cavernes, sources, etc., explorations souterraines effectuées de 1888 à 1893 en France, Belgique, Autriche et Grèce. *Paris*, 1894, in-4, dos et c. mar. bl., tête dor. Net 22 fr.
L'illustration de cet intéressant ouvrage comprend : 4 phototypies et 16 plans hors texte ; 100 gravures d'après des Photographies et des dessins dont 9 hors texte et 200 cartes, plans et coupes.

267 **MASSON** (Frédéric). Napoléon chez lui ; la journée de l'Empereur aux Tuileries. *Paris, Dentu*, 1894, in-8, br. Net 10 fr.
Exemplaire sur papier de Chine. Illustrations de F. de Myrbach gravées sur bois.

268 **MATRONE** (la) du Pays de Soung ; les deux jumelles (contes chinois) avec une préface par E. Legrand. In-8 br. Net 4 fr.
Tiré à petit nombre. Illustrations hors texte en couleurs.

269 **MATTHIS** (C. Em.). L'Alsace et les Alsaciens à travers les siècles. *Paris, Jouvet*, 1891, in-4 br. Net 15 fr.
Ouvrage illustré par l'auteur de 45 grav. dans le texte, de 16 grandes compositions hors texte et de 4 chromotypographies. Exemplaire sur japon ; rare.

270 **MAUPASSANT** (G. de). Contes choisis, ill. de 118 dessins de G. Jeanniot. *Paris, Lib. illust.*, in-8 br., couv. *Rare*. Net 20 fr.

271 **MELLIN DE SAINT-GELAIS**. Œuvres poétiques *Lyon*, 1574, p in-8 mar v., fil., milieu mosaïque ; dorure au pointillé au milieu et aux angles de la reliure, tr. dor. (Duru). Net 150 fr.
Très bel exemplaire de cette édition imprimée en lettres italiques.

272 **MENDÈS** (Catulle). La Femme-Enfant. *Paris*, 1891, in-12 br. Net 5 fr.
Ex sur papier de Hollande.

273 **MENDÈS** (Catulle) Le fin du fin ou conseils à un jeune homme qui se destine à l'amour. *Paris*, 1885, in-32, d. et c. v. 4 fr.

274 **MENDÈS** (Catulle). Les plus jolies chansons du pays de France ; chansons tendres *Paris, Plon, s. d.*, gr. in-8, rel. satin bleu, tête dor. Net 8 fr.
Musique de E. Chabrier et de A. Gouzien ; illustrations dans le texte et hors texte par L. Métivet.

275 **MENDEZ** (Th. A.). Essai sur le duel. *Paris*, 1854. in-8 broché, couv. Net. 10 fr.
Très rare

276 **MENESTRIER** (le P.). Nouvelle Méthode raisonnée du blason ou de l'art héraldique mise dans un meilleur ordre et augmentée de toutes les connaissances relatives à cette science. *Lyon*, 1770, petit in-8, v. br. Net 10 fr.
49 planches en noir.

277 **MENESTRIER**. Traité des Tournois, joutes, carrousels et autres spectacles publics. *Lyon*, 1669, in-4, v. br. Net 25 fr.
Livre rare ; gravures.

278 **MEURSIUS** Joannis Meursii elegantiæ latini sermonis seu Aloisia Sigœa Toletana de arcanis. Amoris et Veneris. *Londini*, 1781, 2 vol. in-32, v. m. fil., tr. d Net 25 fr.

279 **MICHELET** (J.). L'Insecte, nouvelle édition illustrée de 140 vignettes sur bois dessinées par H. Giacomelli. *Paris*, *Hachette*, 1876, gr. in-8, dem.-rel, maroq. bl., tête dor. Net 45 fr.
Epuisé et rare. Exemplaire de premier tirage.

280 **MICHELET** (J.) L'Oiseau, huitième édition illustrée de 210 vignettes sur bois dessinées par H. Giacomelli. *Paris*, *Hachette*, 1867, gr. in-8, dem.-rel. mar. bl., tête dor. Net 45 fr.
Epuisé et rare. Exemplaire de premier tirage.

281 **MIELOT** (Jean). Vie de Ste-Catherine d'Alexandrie, texte revu et rapproché du français moderne par Marius Sepet. *Paris*, 1881, gr. in-8, dos et c. ch. r., tête dor. Net 15 fr.
Illustrations hors texte en noir et en chromolithogr.

282 **MILLEVOYE**. Œuvres Edition publiée avec des pièces nouvelles et des variantes par P. L. Jacob, bipliophile *Paris*, 1880, 3 vol. in-8, br. Eaux-fortes. (30 fr.) net 12 fr.

283 **MODES**. Un siècle de modes féminines, 1794-1894. *Paris*. 1894, in-12 br. Net 5 fr.
Charmant volume contenant 400 toilettes reproduites en couleurs ; ex. de la 1re édition.

284 **MOLIÈRE**. Les Intrigues de Molière et celles de sa femme ou la fameuse comédienne, histoire de la Guérin. *Paris*, 1877, dos et coins maroq. vert. Net 10 fr.
(Beau portrait d'Armande Béjart avec et avant la lettre).

— Le même ouvrage br. Net 6 fr.

285 **MOLIÈRE** (Les Pièces de). Dessin de L. Leloir gravés à l'eau-forte par Champollion. 31 vols. in-16. (*Librairie des Bibliophiles*). Net 400 fr.
Un des 20 exemplaires numérotés sur papier du Japon, contenant la suite des figures en triple état : avant la lettre avec remarque, avant toute lettre et avec la lettre.

— Le même. papier vergé, 31 vols. in-16, net 80 fr.

286 **MOLIÈRE**. Suite d'un portrait d'après Coypel. et de 33 gravures d'après Boucher pour les Œuvres de Molière. *Paris*, *Delarue*, *s. d.*, en un carton in-4 Net 10 fr.

287 **MONNIER** (Henry). Les bas-fonds de la Société avec 8 dessins à la plume de F. R. In-32, dos et coins ch. r.. tête dor. Net 25 fr.
Rare. Tiré à 64 exemplaire. On y a joint : l'Enfer de Joseph Prudhomme du même auteur.

288 **MONNIER** (Henri). Les bas-fonds de la société. édition miniature. (*Paris*, *J. Claye*). *Londres*, *s. d.*, in-32, d.-rel. chag., tête dor. Net 15 fr.
Rare. Tiré à petit nombre.

289 **MONTEIL** (Edgar). Histoire d'un frère ignorantin. *Paris*, 1873, in-18. br. Net 3 fr. 50
Petit ouvrage très rare.

290 **MONTESQUIOU-FEZENSAC** (Robert de). Le Chef des odeurs suaves, poésies. 1 vol. in-4 broché. Net 10 fr.
Ouvrage épuisé et rare. Tirage à 200 exemplaires sur papier de Hollande, pour le compte de l'auteur.

291 **MONTIFAUD** (Marc de). Madame Ducroisy. *Bruxelles*, 1879, in-12 br. Net 3 fr.

292 **MONTORGUEIL** (Georges). Les deshabillés au théâtre, illustrations de H. Boutet. *Paris*, 1896, in-8, br. Net 12 fr.

293 **MONTORGUEIL** (G.). La vie des boulevards. Madeleine-Bastille. *Paris*, 1895, gr. in-8, br. couverture. Net 30 fr.
Très bel ouvrage orné de 200 dessins de P. Vidal. Reproduits en couleurs.

294 **MONTORGUEIL** (Georges). Les Parisiennes d'à présent, illustrations de H. Boutet. *Paris*, 1897, in-8, br. Net 12 fr.

295 **MONTORGUEIL** (Georges) Croquis Parisiens. les plaisirs du dimanche. à travers les rues. *Paris*, *s. d.*, in-fol. non rel. en carton. Net 40 fr.
Bel ouvrage tiré seulement à 250 ex. épuisé. Illustrations directes d'après nature par Gervais-Courtellemont.

296 **MONTPELLIER**. Album de la Galerie Bruyas (Musée de Montpellier) 30 sujets choisis, lithographiés par Jules Laurens. *Paris*, 1875, in-fol. non rel. en carton. Net 10 fr.

297 **MONTROSIER** (Eugène). Salon des Aquarellistes français. 1re année 1887. *Paris*, 1887, in-4, broché. Net 20 fr.
L'illustration de ce livre comprend pour chaque exposant, au nombre de 40, un en tête, une grande composition hors texte et un cul-de-lampe.
Ouvrage orné de 178 dessins de l'auteur, en noir et en couleurs.

300 **MORLINI**. Hieronymi Morlini Parthenopei, Novellæ Fabulæ, Comœdia *Paris*, 1855, in-12 br. Net 8 fr.
De la bibliothèque elzévirienne ex. sur Chine, rare.

301 **MOURA** (le Dr). La Butte des Moulins avec documents archéologiques et administratifs inédits. *Paris*, 1877, in-folio non rel. Net 15 fr.
Tiré à petit nombre ; épuisé. Cette intéressante description contient un plan et 22 eaux fortes de A. P. Martial. La butte des Moulins fut, on le sait rasée pour permettre d'achever l'avenue de l'Opéra.

302 **MUSÉE ENTOMOLOGIQUE** illustré, histoire naturelle iconographique des insectes. *Les Coléoptères*, organisation, mœurs, chasse. collections, classification, iconographie et histoire naturelle des coléoptères d'Europe ; 335 vignettes et 48 pl. en couleur. — *Les Papillons*, organisation, mœurs, chasse, collections classification, iconographie et histoire naturelle des papillons d'Europe ; 260 vignettes et 50 pl. en couleurs. — *Les Insectes*, organisation mœurs, chasse, collection classification, histoire naturelle des orthoptères, névroptères, hyménoptères. hémiptères, diptères, aptères, etc. 460 vignettes et 24 pl. en couleur. Ensemble 3 vol. in 4. *Paris*. *Rothschild*, 1876-1878, demi rel. chag. bl tête dor. Net 60 fr.

303 **MUSÉE** entomologique illustré. histoire naturelle iconographique des insectes, *les Coléoptères*, organisation mœurs, chasse, collections, classification. iconographie et histoire naturelle des coléoptères d'Europe. *Paris*, 1876, demi-rel. 18 fr.
335 vignettes et 48 planches en couleurs.

304 **MUSÉE POUR RIRE** (Le) dessins par tous les caricaturistes de Paris. texte par Alhoy. L. Huart et Philipon. *Paris*. *Aubert*, 1839, 3 tomes en 1 vol in-4, demi-rel. Net 30 fr.

305 **MUSIQUE**. Recueil d'airs sérieux et à boire, manuscrit contenant 158 pages d'une bonne écriture portant sur le premier ff. *Lesaiçon*, 1734, in 8 carré maroq. r., fil. (rel. anc.) Net 40 fr.

306 **MUSSET** (Alfred de). Nouvelles. *Paris, Conquet*, 1887, gr. in-8 br. Net 35 fr.

Très belle édition illustrée d'un portrait gravé par Burney et de 15 compositions de Flameng et Corlazzo gravées à l'eau-forte Ex. sur petit papier vélin.

307 **NADAUD** (Gustave). Chansons choisies et chansons légères, illustrées par ses amis. *Paris*, 1882-1885, 3 vol. in-folio, demi maroq. bl. tête dor. n. rogn. Net 60 fr.

Belle édition faite en collaboration avec M. Goiran, tirée à 100 ex. sur papier teinté, illustrée de nombreuses gravures en phototypie.

308 **NADAUD**. Chansons populaires chansons de salon. chansons légères. *Paris, Librairie des Bibliophiles* 1879. 3 vol. in-12, demi-rel.ch. r., tête dor , n. rogn Net 25 fr.

309 **NADAUD** (Gustave) Une idylle. *Paris, Librairie des Bibliophiles*, 1883, gr. in-8 br. 15 fr. Net 6 fr.

Onze planches hors texte d'après les dessins d'A. Aublet.

310 **NIZET** (Henri). Les Béotiens. *Bruxelles. Kistemaeckers. s. d.*, in-12, pap. vergé, br Net 3 fr.

311 **NORMAND** (Charles). Exploration artistique et archéologique. La Troie d'Homère. *Paris, s. d.*, in-fol. en carton. Net 15 fr.

Cet ouvrage, imprimé et gravé aux frais de l'auteur, n'a pas été mis en vente. Tiré à très petit nombre et réservé aux membres du Comité des Amis des monuments étrangers.

312 **OFFICE** de la Semaine Sainte, latin et français, à l'usage de Rome et deParis, avec l'explication des cérémonies de l'Eglise. *Paris*, 1715, mar. r., tr d. (rel. fatiguée).Net 6 fr.

Aux armes royales.

313 **OHNET** (Georges). L'âme de pierre. *Paris*, 1890, in-12 br. Net 5 fr.

Jolies illustrations de Bayard dans le texte. Ex. sur pap. Whatman. Edition originale.

314 **OISEAUX**. Livre d'oyseaux, dédié à Messire Gilles Fouquet, Coner du Roy au Parlement de Paris. Album in-4 oblong, contenant un titre et onze planches d'oiseaux. gravées et dessinées par Albert Flamen. *S. d.*, dos et coins maroq. r., tr. d. Net 12 fr.

315 **OLIVA**. Histoire du Pérou, traduite de l'espagnol, par H. Ternaux-Compans. *Paris*, 1857, in-12 br. Net 6 fr.

De la bibliothèque elzévirienne ; ex. sur chine, très rare.

316 **ORFÈVRERIE**. 60 planches de la collection de Paul Eudel, pour faire suite aux Eléments d'orfèvrerie composés par Pierre Germain. *Paris, Quantin*, 1884. Net 40 fr.

317 **ORLÉANS** (le Duc d'). Récits de campagne, publiés par ses fils le Comte de Paris et le Duc de Chartres. *Paris, Ch. Lévy*, 1892, grand in 8 br. (20 fr.). Net 10 fr.

Livre très intéressant, contenant des épisodes du siège d'Anvers et des expéditions de Mascara et des Portes de Fer, illustré de 250 grav. sur bois d'après les artistes les plus célèbres de cette époque : Dauzats, Decamps, P. Delaroche, Ingres, Raffet, etc.

318 **ORNEMENTATION** pratique (Album de l'). Choix de motifs moderne (extérieurs et intérieurs), de décorations et de sculpture ornementale. *Paris*. 1874, 2 vol. pet. in-fol. en cartons. Net 5 fr.

110 planches en photographie, manque la planche 58.

319 **PALLAVICINO** (Ferrante) La Rettorica delle puttane composta conforme li precetti di Cipriano *In Villafranca*, 1673, in-12 mar. r. (Thibaron-Echaubard). Net 15 fr.

320 **PANDECTES**. 1° *Pandectes françaises*. Nouveau répertoire de Doctrine, de Législation et de Jurisprudence, commencé sous la direction de M. Rivière, conseiller à la cour de cassation continué sous la direction de M André Weiss *Paris*, 1886-1894, 38 vol. (de la lettre A jusqu'aux mots : Propriété littéraire. — 2° *Pandectes chronologiques* ou collection nouvelle, résumant la jurisprudence de 1789 à 1886, comprenant toutes les décisions importantes et pratiques de la Cour de Cassation, des Cours d'appel, des Tribunaux civils, etc., par M. Ruben de Couder, docteur en droit, conseiller à la Cour de cassation 6 vol. et table des années, 1789-1886, 1 vol. — 3° *Pandectes françaises*. Recueil mensuel de jurisprudence et de législation des Pandectes françaises, publié sous la direction de MM. André Weiss et Paul Louis Lucas, avec le concours des principaux collaborateurs du Répertoire.(Cet ouvrage fait suite aux Pandectes chronologiques), de 1886 à 1898 et table des années 1886-1896.

Ensemble, 59 vol. in-4, reliés dos chagrin noir. Net 850 fr.

Reliure neuve. Occasion exceptionnelle.

321 **PARIS**. Cent points de vue sur Paris du sommet de la Tour Eiffel, dessins inédits, accompagnés de notices historiques. *Paris*, 1897, in-4 obl., toile r. Net 10 fr.

322 **PARIS**. Mémorial illustré des deux sièges de Paris 1870-1871 ; texte par Lorédan Larchey. *Paris*, 1872, grand in-4, demi-rel. ch. Net 9 fr.

320 illustrations des meilleurs artistes.

323 **PARIS**. Paris nouveau illustré. 20 num. ; La France nouvelle illustrée, 6 num. Paris incendié. Ens. 3 parties en un vol. grand in-4, demi-chag. Net 12 fr.

Cette intéressante réunion est une véritable histoire de Paris pendant et après la guerre de 1870-71 et la Commune. Rare.

324 **PARIS**. Suite de 39 lithographies dessinées par Andrieux sur le siège de Paris. 1870, gr. in-4, non rel. Net 10 fr.

325 **PARIS**. Tableau historique et pittoresque de Paris, depuis les Gaulois jusqu'à nos jours, par M. (Saint-Victor). *Paris*, 1808, 3 vol. in-4, demi-reliure. non rog. Net 80 fr.

Très intéressant ouvrage orné de quantité de gravures, représentant les monuments de Paris à cette époque.

326 **PARIS ALMANACH**. 1895 à 1897. 3 premières années. 3 vol in-18 br. Net 10 fr.

1895 par Dillon, lithographies de Dillon. — 1896 par E. Goudeau, lithographies de G. Meunier. — 1897 par Cl Morice, illustrations dessinées et gravées sur bois par Lepère.

327 **PARODIE** (Une) curieuse de l'Art poétique de Boileau tirée d'un almanach de poche du XVIIIe siècle. — *L'art de P...*, poème publié sur l'édition de 1783. *Rouen*, 1879, in-12, d.-veau. Net 3 fr.

Curieux frontispice.

328 **PEINTURE**. Chefs-d'œuvre choisis du Musée du Luxembourg. 20 planches gravées par Haider, texte par Paulier. in-fol., n. rel., dans un cart. toile. Net 10 fr.

329 **PEINTURE**. Les Maîtres de l'art français contemporain ; introduction par Robert Vallier. *Paris. s d.*, in-fol., cart. toile. Net 10 fr.

Nombreuses gravures.

330 **PELLICO** (Silvio). Mes prisons, suivies du discours sur les devoirs des hommes. *Paris*,

Charpentier, 1843, gr. in-8, toile verte (cart. de l'éditeur). Net 15 fr.
Edition illustrée par Tony Johannot de cent dessins gravés sur bois.
Premier tirage ; rare

331 **PÈNE** (Henri de). Henri de France. *Paris*, 1884, in-4, dos et c. marcq. r., tête dor. Net 16 fr.
Nombreuses gravures dans le texte et hors texte ; beaux portraits.

332 **PERRAULT**. Contes du temps passé, contenant les Fées, le Petit Chaperonrouge, Barbe-Bleue le Chat botté, la Belle au bois dormant, Cendrillon, le Petit-Poucet, Riquet à la Houpe et Peau d'Ane. *Paris, Berlin*, 1854, gr. in-8, d.-rel. amateur Net 40 fr.
Charmant ouvrage illustré par Pauquet, Marvy, Jeanron, Jacque et Beauce, texte entièrement gravé par Blanchard.

333 **PERRAULT**. Contes, préface par Stahl. *Paris. Hetzel*, 1865, in-fol. cart. Net 40 fr.
Premier tirage contenant les beaux dessins de Gustave Doré sur chine.
Rare.

— Le même, 1874. Planches tirées sur chine. In-folio cart. Net 30 fr.

334 **PERRET** (Paul). Les demoiselles de Liré. *Paris, s. d.*, in-4 br. Net 40 fr.
Belles illustrations par Charles Delort et Maurice Leloir reproduites par le procédé Goupil.

335 **PETIT** (Léonce). La conversion de Monsieur Gervais. *Paris*, 1881, in-4 br. 4 fr.
Dessins de l'auteur dans le texte et hors texte.

336 **PHILIPON** et **HUART** Parodie du Juif errant. *Bruxelles*, 1845, in-8, cart. n. rog., couv. Net 10 fr.
Illustré de 300 vignettes par Cham.

337 **PIÉDAGNEL** (Alexandre). Avril. *Paris*, 1877, 1 vol. in-12 br. Net 3 fr. 50
Charmant frontispice de Giacomelli gravé à l'eau-forte.

338 **PLANTET**. La collection de statues du Marquis de Marigny, directeur et ordonnateur général des bâtiments, jardins, arts, académie et manufacture du roi, 1725-1781. *Paris*, 1885, gr. in-8, d.-toile. Net 7 fr.
Catalogue descriptif accompagné de 28 héliogravures.

339 **POPELIN** (Claudius). Les vieux arts du feu. *Paris, Lemerre*, 1878, gr. in-8 br., vignettes sur bois. Net 15 fr.

340 **PORTE-FEUILLE** d'un talon rouge, contenant des anecdotes galantes et secrètes de la cour de France. *Paris*, 178', pet. in-8, demi-rel. chag. r., tête dor., n. r. Net 15 fr.
Très rare.

341 **PREMIÈRES** (les) illustrées. Notes et croquis, saisons théâtrales, 1881-82, 1882-83, 1883-84, 1884-85, 1885-86, 1887-88. Texte par Raoul Toché (Frimousse), Emile Blavet, etc. ; préfaces par H. Meilhac, L. Halévy, V. Sardou, H. Becque. *Paris*, 1881-1888, 7 vol. gr. in-8 brochés. net 45 fr.
Nombreuses illustrations dans le texte et hors texte. par Bac, Barbin, Clairin, Destez, Detaille, Fau, Ferdinandus, Gambard, Kurner, Marie, Mars, Myrbach, Pille, Poirson, Stanley, Willette, etc

— Le même, 7 vol. demi-rel. Net 50 fr.

342 **PRÉVOST** (l'abbé). Histoire de Manon Lescaut et du chevalier des Grieux. *Paris, Librairie des Bibliophiles*, 1874, 2 vol. br. Net 50 fr.
Un des 170 ex. sur Hollande, tiré in-8.
Epuisé et rare.

— Le même ouvrage. 2 vol in-18 brochés. Net 25 fr.

343 **PRÉVOST** (l'abbé). Histoire de Manon Lescaut, avec une notice par Anatole France. *Paris, Lemerre*, 1878, in-8 broché. Net 12 fr.
Jolie édition encadrée d'un filet rouge ; eaux-fortes de Monziès.

344 **QUATREBARBES** (le Comte de). Œuvres complètes du Roi René, avec une biographie et des notices. *Angers*, 1845, 2 vol. gr. in-4 br. Net 25 fr.
Nombreux dessins et ornements par Hawke, d'après les tableaux et manuscrits originaux.

345 **QUATRELLES**. A coups de fusil. Nouvelle édition. *Paris, s. d.*, in-4, dos et c. chag. r., t. d., n. r. Net 20 fr.
Ouvrage illustré de 30 dessins originaux hors texte par A. de Neuville.

346 **QUATRELLES**. Le chevalier Beau-temps, préface d'Alexandre Dumas fils. *Paris, Pougin*, 1870, in-8, broché, couverture. Net 8 fr.
Exemplaire de premier tirage illustré par G. Doré.

347 **RABELAIS** Œuvres, édition variorum, augmentée de pièces inédites, des songes drôlatiques de Pantagruel, des remarques de Leduchat, Bernier, Voltaire, Guinguené, etc. *Paris, Dalibon*, 1823, 9 vol. in-8, demi-maroquin vert, coins, tête dorée, dos orné, n. rog. Net 90 fr.
Edition ornée de 10 vignettes et de deux portraits, d'après Déveria plus 120 figures grotesques pour les contes drôlatiques. Très bel exemplaire sur papier vélin.

— Le même, 9 vol. demi-rel. Petit papier. Net 45 fr.

348 **RECHERCHES** sur les costumes et sur les théâtres de toutes les nations, tant anciennes que modernes *Paris*, 1790, 2 tomes en un vol. in-4, dos et coins mar. r. Net 40 fr.
Nombreuses estampes en couleur et au lavis dessinées par Chéry et gravées par Alix.

349 **RÉGAMEY** (Félix). Okoma, roman japonais illustré, d'après le texte de Takizava-Bakïn et les dessins de Chiguenoï. *Paris*, 1883, in-4, rel. satin jaune. Net 6 fr.

350 **REGLEY**. Atlas chorographique, historique et portatif de la Généralité de Paris. *Paris*, 1763, in-4, demi-bas. Net 25 fr.
Nombreuses cartes.

351 **REVUE** critique d'histoire et de littérature. Origine 1866 à 1878. 12 années in-8, cart Net 80 f.

352 **RICHARD** (Jules). En campagne. 2e série, tableaux et dessins de Meissonier, E. Detaille, A. de Neuville, etc. *Paris, s. d*, in-fol., toile v. Net 8 fr.

353 **RICHARD** (Jules). Le Salon militaire de 1888. *Paris*, 1888, in-4 br. (40 fr) Net 15 fr.
Orné de 50 photogravures.

354 **RICHEPIN** (Jean). Les Blasphèmes. *Paris*, 1884, in-4, demi-rel. toile, br, n. r. (couv.) Net 12 fr.
Tiré à 525 ex. épuisé. Beau portrait de l'auteur par E. de Liphart.

355 **RICHEPIN** (Jean). La Chanson des Gueux, pièces supprimées. *Londres*, 1885. Net 10 fr.
3 feuilles, comprenant titre, faux-titre, avertiss. et 16 pages in-4 imprimées pour être jointes à l'édition in-4 de la Chanson des Gueux ; très beau portrait de J. Richepin, dessiné et gravé à l'eau-forte par Lefort.
Très rare.

356 **RICHEPIN** (Jean). La Glu, drame en cinq actes et six tableaux. *Paris*, 1892, in-8, dos et c. ch. r., tête d. (couv.) Net 3 fr. 50

357 **RICHEPIN** (Jean). La Mer. *Paris*, 1886, in-4, dem.-rel. toile br., n. rog. (couv.) Net 12 fr.
Epuisé.

358 **RICHEPIN** (Jean). La Mer. *Paris*, 1886, in-12 br. (couv.) net 5 fr.
Edition originale, rare.

359 **ROBIDA**. Le XIXe siècle, texte et dessins par A. Robida. *Paris*, 1888, in-4, dos et c., mar. gr. tête d Net 30 fr.
Epuisé ; illustrations en noir et en couleur.

360 **ROBIDA** (A.). La vieille France. Provence. *Paris, s. d.*, in-4 br. Net 60 fr.
Jolie aquarelle de Robida sur le faux-titre. Exemplaire tiré sur papier fort.

361 **ROUSSEL** (A.) de Méry. Grosjean et son curé, dialogues sur l'église. *Bruxelles, s. d.*, in-18 br. Net 6 fr.

362 **ROCHEFORT** (Henri). Fantasia, dessins de Caran d'Ache *Paris*, 1888, in-8, dos et coins, chag. citr., tête dorée, n. rogn., couv. Net 10 fr.
— Le même broché. Net 8 fr.

363 **ROMAN** (le) du Renard traduit pour la première fois d'après un texte flamand du XIIe siècle. *Paris*, 1837, in-8, demi-rel., v. f. 9 fr.
Traduction rare.

364 **ROMAN DE LA ROSE** (Le) par Guillaume de Lorris et Jehan de Meung, édition revue par Méon. *Paris, Didot*, 1814, 4 vol. in-8 cart., n. rognés. Exemplaire en parfait état, orné de 1 portrait et 4 figures de Monnet Net 60 fr.

365 **ROUSSEAU** (J. J.). Julie ou la Nouvelle Héloïse. *Paris*, 1845, 2 vol. gd in-8, rel. dos et coins mar. gr., couv. (Carayon) Net 45 fr.
Vignettes de Tony Johannot, Wattier, Lepoitevin, Baron, Girardet, etc., gravées par Brugnot. Bel exemplaire non rogné de cet ouvrage devenu rare.

366 **ROUSSEAU** (Jean-Baptiste). Œuvres, nouvelle édition revue, corrigée et augmentée sur les manuscrits de l'auteur. *Paris*, 1795, 4 vol. in-8, veau f. Net 12 fr.
Gravures en deux états : avant et avec la lettre ; bon exemplaire.

367 **ROUVEYRE** (Edouard). Connaissances nécessaire à un bibliophile. 2e édition. *Paris*, 1878, in-18, in-18 br. Net 3 fr.

368 **RUBLE** (le Baron Alph. de). Notice biographique sur le Comte de Lurde, suivie du catalogue de sa bibliothèque. *Paris*, 1875, gd in-8 br. Net 5 fr.

369 **RUTEBEUF**. Œuvres complètes, recueillies et mises au jour pour la première fois par A. Jubinal. *Paris*, 1874, 3 vol. in-12 brochés, net 20 fr.
De la bibliothèque elzévirienne, ex. sur chine ; très rare.

370 **SADOUX** (Eug.). Versailles et les Trianons, 1889, in-4 obl., toile r. Net 5 fr.
Jolie suite d'eaux-fortes.

371 **SAINT-ALBIN** (A. de). Les salles d'armes de Paris. *Paris*, 1875, gr. in-8 br. Net 14 fr.
Tiré à petit nombre, épuisé.

372 **SAINT-AMANT**. Œuvres complètes, précédées d'une notice et accompagnées de notes par Ch. Livet. *Paris*, 1855, 2 vol. in-12 br. Net 12 fr.
De la bibliothèque elzévirienne ; ex. sur chine, rare.

373 **SAINT-JUIRS**. Le livre des têtes de bois. *Paris, Charpentier*, 1883, gr. in-8, demi-toile. Net 10 fr.
Tiré à petit nombre, épuisé, nombreuses eaux-fortes et dessins.
— Le même ouvrage, demi-chag. net 10 fr.

374 **SAINT JULIEN**. Les Courriers de la Fronde en vers brulesques, revus et anotés par C. Moreau. *Paris*, 1857, 2 vol. in-12 br. Net 10 fr.
De la bibliothèque elzévirienne ; ex. sur chine, rare.

375 **SAINT-PIERRE** (Bernardin de). Paul et Virginie suivi la Chaumière indienne, précédé d'une notice sur B. de Saint-Pierre par Sainte-Beuve. *Paris, Furne*, 1863, gr. in-8, dos et c. mar. bl., tr. dorées. Net 35 fr.
Très belle édition ornée d'un grand nombre de gravures sur bois dans le texe et de gravures hors texte sur chine.

376 **SAINT-PIERRE** (B. de). Paul et Virginie, préface par J. Janin. *Paris, Librairie des Bibliophiles*, 1875 in-12 broché. Net 20 fr.
Jolie édition encadrée d'un filet rouge, elle est illustrée de compositions d'Emile Lévy, gravées à l'eau-forte par Flameng et de dessins de Giacomelli gravés sur bois par Rouget et Sergent. Epuisé et rare.

377 **SAINT-PIERRE** (B. de) Paul et Virginie, avec notice et notes par Anatole France. *Paris Lemerre*, 1878, in-8 broché. Net 6 fr.
Jolie édition encadrée d'un filet rouge.

378 **SAINT-PIERRE** (B. de). Paul et Virginie, précédé d'une étude sur les origines de Paul et Virginie par S. Cambray. *Paris Librairie des Bibliophiles*, 1878, in-12, dos chag., tête dor. Net 15 fr.
Eaux-fortes de Laguillermie.

379 **SAINTINE**. Le chemin des écoliers, promenade de Paris à Marly le Roy en suivant les bords du Rhin. *Paris, Hachette*, 1861, gr. in-8, maroquin vert, dos et plats ornés de riches petits fers, mosaïque, dentelles intérieures, tranches dorées. (*Petit*) Net 35 fr.
Exemplaire de premier tirage, illustré par G. Doré et Foster. Belle et riche reliure.

380 **SAINT-PIERRE** (B. de). Paul et Virginie, illustré de 100 vignettes par Bertall. *Paris, Havard*, 1845, pet. in-8 demi-rel. Net 20 fr.
Exemplaire non rogné, couverture conservée.

381 **SALLENGRE** (A. H. de). Mémoires de littérature. *La Haye*, 1715-1717, 2 vol. in-12 v. m. Net 12 fr.
Ex. aux armes de Goyon de Matignon.

382 **SALLES** (J.-B.). Charlotte Corday, tragédie en cinq actes et en vers, publiée par Moreau Chaslon. *Paris*, 1864, gr. in-8 br. Net 6 fr.
Exemplaire en grand papier rare.

383 **SALON** L'Exposition des Beaux-arts, Salon de 1881, comprenant quarante planches en photogravure et cent cinquante dessins d'après les originaux. *Paris, Goupil* 1881, br. Net 25 fr.
Exemplaire sur hollande.
— Le même ouvrage, cart. Net. 25 fr.
— Le même ouvrage, dos et coins mar. r., tête d. Net 30 fr.

384 **SALON** illustré de 1892. Palais de l'Industrie 4 livraisons, dans un cart. toile bl. Net 4 fr.

385 **SAND** (Maurice). Masques et Bouffons, comédie italienne, texte et dessins par Maurice Sand, gravures par A. Manceau, préface par George Sand. *Paris*, 1862, 2 vol. gr. in-8, demi-veau f., tr. p. Net 35 fr.

386 **SARASIN** (François). Poésies, augmentées de documents nouveaux et de pièces inédites, publiées avec notices, préfaces et notes par Octave Uzanne. *Paris*, 1877, pet. in-8, dos et coins mar. v., dos orné. Net 10 fr.

387 **SATYRES** chrestiennes de la cuisine Papale ; imprimé par Conrad Badius 1560, réimpression faite à Genève en 1857 ; in-8, dos et coins maroq. r., tête dor. (Bertrand). Net 8 fr.

388 **SAUGRAIN** Les curiositez de Paris, de Versailles, de Marly, de Vincennes, de St-Cloud et des environs, réimprimées d'après l'édition originale de 1726 *Paris, Quantin*, 1883, gr. in-8 br. Paru à 25 fr. Net 10 fr.
Très intéressant ouvrage sur l'histoire de Paris, contenant la description des anciens quartiers de la Cité, du Louvre, du Palais Royal, Montmartre, St-Jacques la Boucherie, St-Denis, etc., etc.
— Le même ouvrage, demi-rel. mar. gr. (Pierson). Net 12 fr.

389 **SAVIGNY DE MONCORPS** (le Vte de). Coup d'œil sur les almanachs illustrés du XVIIIe siècle, *Paris*, 1891, gr. in-8 br. 3 fr.

390 **SEVE** (Maurice). Délie objet de plus haute vertu, poésies amoureuses. *Lyon*, 1862, dos et coins maroq. gr., tête dor. Net 8 fr.

391 **SIEURIN**. Manuel de l'amateur d'illustrations, gravures et portraits pour l'ornement des livres français et étrangers. *Paris*, 1875, in-8 br. Net 4 fr.

Ouvrage très utile aux collectionneurs de vignettes et gravures.

392 **SILVESTRE** (Armand). Le conte de Larcher (*Paris*, *Lahure*, 1883) In-8, couverture illustrée, aquarelles de Poirson, gravées par Gillot. Net 10 fr.

Epuisé et rare.

— Le même ouvrage sur papier de Chine, rare. Net 25 fr.

393 **SINISTRARI**. De la démonialité et des animaux incubes et succubes. *Paris*, 1875, in-8, pap. de Holl. br. Net 6 fr.

394 **SMITH**. Dictionnaire de biographie, mythologie, géographie anciennes, accompagné de près de 1000 gravures, traduit de l'anglais par N. Theil. *Paris*, 1865, pet. in-8, dos et coins mar. r. Net 7 fr.

395 **SOREL** (Ch.). La vraie histoire comique de Francion, avec avant-propos et notes par E. Colombey. *Paris*, 1877, dos et c., ch. r., tête d. Net 5 fr.

Exemplaire sur hollande.

396 **SOTTISIER** de Nasr-Eddin-Hodja Bouffon de Tamerlan, suivi d'autres facéties turques, traduites sur des manuscrits inédits par J. A Decourdemanche. *Bruxelles*, 1878, in-16, demi-veau. Net 5 fr.

Tiré à 500 ex.

397 **SOUVENIRS** et Regrets du vieil amateur dramatique, ou lettres d'un oncle à son neveu sur l'ancien Théâtre français. (Par Vincent Arnault). *Paris*, *Alph. Leclère*, 1861 in-8, demi-rel. maroq. laval., tête dorée, non rog. Net 70 fr.

Exemplaire relié sur brochure, orné de 40 figures coloriées représentant en pied, d'après les miniatures originales faites d'après nature par Foesch de Basle et de Wisker, les différents acteurs dans les rôles où ils ont excellé. Contient les sept planches supplémentaires.

398 **SPATANTIGARUDE**. Vieux contes nouveaux *Londres* (*Paris*), 1785, in-8, demi-toile. Net 6 fr.

399 **STAAL DE LAUNAY** (Madame de). Mémoires, avec une préface par Mme la Baronne Double. *Paris*, *Librairie des Bibliophiles*, 1890, 2 vol in-12, brochés. Net 45 fr.

41 belles eaux-fortes de Lalauze.

— Le même ouvrage sur papier de chine avec une double suite des eaux-fortes avant et avec la lettre. Net 60 fr.

400 **STAAL-DE LAUNAY** (Madame de). Mémoires, avec une préface par Mme la Baronne Double et 41 eaux-fortes par A. Lalauze. *Paris*, Librairie des Bibliophiles. 1890, 2 vol in-8 br. 100 fr.

Un des 125 ex. tirés in-8 sur Hollande. Rare.

401 **STRAPAROLE** Les facecieuses nuicts du seigneur Jean François Straparole, avec les fables et enigmes, racontées par deux jeunes gentilshommes et dix damoiselles ; nouvellement traduit d'Italien en François par Jean Louveau.— Le second et dernier livre des facecieuses nuicts de Straparole, contenant plusieurs belles fables, et plaisant enigmes, racontées par dix damoiselles et quelques gentilshommes, traduit d'Italien en François par Pierre Delarivey Champenois. *Rouen*, *Osmont*, 1601, 2 vol. in 32, maroquin brun jans. dent. intérieures, tr. dorées. Net 50 fr.

Très bel exemplaire.

402 **TAVERNIER** (Adolphe). L'art du duel, préface par A Scholl. *Paris*, 1885, gr. in-8 broché. Net 12 fr.

Excellent ouvrage très estimé ; nombreuses gravures dans le texte et hors texte.

403 **TAVERNIER** (J. B.). Nouvelle relation de l'intérieur du serrail du grand seigneur contenant plusieurs singularitez qui jusqu'icy n'ont point esté mises en lumière. *Paris*, 1675, in-8, mar. pl. rouge, tr. d. Net. 25 fr.

En tête du livre une grande planche et un beau titre gravé.

404 **TENNYSON** (Alfred). Elaine: 1 vol. in-fol. toile Net 12 fr.

Illustrations de Gustave Doré.

405 **TERENTII** (P.). Afri comœdiæ. 1669, in-12, parch Net. 4 fr.

406 **THEURIET** (André). Reine des bois. *Paris*, *Boussod*, *Valadon*, 1890, in-4 broch. Net 40 fr.

Splendide volume illustré par Laurent Desrousseaux.

407 **THIERS** (J. B). Histoire des perruques où l'on fait voir leur origine, leur usage, leur forme, l'abus et l'irrégularité de celles des ecclésiastiques. *Avignon*, 1779, in-12, v. f, fil., tr. d. (Petit). Net 20 fr.

408 **THOUMAS** (le Général). Autour du Drapeau 1789-1889 : campagnes de l'Armée Française depuis cent ans. *Paris*, 1889, in-4, non rel., en carton. Net 100 fr.

Exemplaire sur Japon avec un dessin original de Sergent. Bel ouvrage tiré à petit nombre, illustré de 200 gravures tirées en noir ou en couleur dans le texte ou hors texte. Rare.

409 **TOILLETTE** de M. l'Archevesque de Sens ou réponse au factum des Filles sainte Catherine les Provins, contre les Pères Cordeliers. *S. l.*, 1669, in-12, demi-rel. chag. Net 3 fr. 50

410 **TOPFFER**. Voyages en Zigzag, ou excursions d'un pensionnat en vacances. *Paris*, *Dubochet*, 1844, gr. in-8, cartonnage de l'éditeur, n. rog. Net 15 fr.

Exemplaire de premier tirage en parfait état, non piqué sauf 2 feuilles.

Incomplet de la planche : à Chillon.

411 **TOUCHATOUT** Histoire de France tintamarresque depuis les temps les plus reculés jusqu'à nos jours *Paris*, *s. d.*, gr. in 8, demi-rel. chag. 8 fr.

Nombreuses illustrations de Lafosse, Draner, Gill, Hadol, Le Petit, Robida, etc.

412 **TOUCHATOUT**. Histoire tintamarresque de Napoléon III. *Paris*, *s. d.*, gr. in-8, cart. dem.-toile. Net 8 fr.

413 **TOUCHATOUT**. Le Trombinoscope. *Paris*, 1872-1873, 1 tome en 2 vol. gd in-8 brochés. Net 7 fr. 50

414 **URBAIN-DUBOIS**. Grand livre des pâtissiers et des confiseurs. *Paris*, 1883, 2 vol. in-4, demi-rel. ch v. Net 30 fr.

Excellent ouvrage contenant 138 planches gravées.

415 **UZANNE** (Octave). Anecdotes sur la comtesse Du Barry. *Paris*, *Quantin*, 1880, gd in-8 br Net 9 fr.

Tiré à petit nombre ; épuisé.

— Le même ouvrage, demi-rel. chag. bl. Net 12 fr.

416 **UZANNE** (Octave). L'art et l'idée, revue contemporaine illustrée *Paris. première année* 1892, 2 vol. in-8, demi rel. amat. Net 18 fr.

Très belle publication ornée de quantité de planches.

417 **UZANNE** (Octave). Le bric à brac de l'amour, préface de Barbey d'Aurevilly. *Paris*, 1879, in-8, dos et coins ch. bl, tête dor., non rog. Net 5 fr.

418 **UZANNE** (Octave) Contes de la vingtième année. Bric à brac. Calendrier de Vénus. Sur-

prises du cœur. *Paris*, 1896, gr. in-8 broché. Net 15 fr.

Illustré de décorations en camaïeu par Eug. Courboin, frontispice de D. Vierge, interprété à l'eau-forte par F. Massé.

419 **UZANNE** (Octave). Contes pour les bibliophiles. *Paris*, 1895, gr. in-8 br. Net 15 fr.

Illustré de nombreuses illustrations dans le texte et hors texte, en noir et en couleurs par Robida.

420 **UZANNE** (Octave). L'Eventail. *Paris*. 1884, gr. in-8, rel. amat., couv. conservée. Net 75 fr.

Epuisé et rare, orné de 80 illustrations de P. Avril en différents tons, gravées en taille-douce.

— Le même, broché. Net 70 fr.

421 **UZANNE** (Octave). L'ombrelle. *Paris*, 1883, gd in-8 br. Net 40 fr.

— Le même, dos et coins, maroq. gr. Net 50 fr.

80 illustrations de P. Avril gravées en taille-douce.

422 **UZANNE** (Octave). La Gazette de Cythère avec notice historique. *Paris*, *Quantin*, 1831, gd in-8 broché. Net 9 fr.

Tiré à petit nombre ; épuisé.

423 **UZANNE** (Octave). Le Livre Origine 1880 à 1889, 10 années. 10 vol. gr. in-8, cart. non rognés. Net 75 fr.

Tout ce qui a paru de cette intéressante publication.

424 **UZANNE** (Octave). Le Livre moderne, revue du monde littéraire et des bibliophiles contemporains. *Paris*, *première année*, 1890, 2 vol. in-8, demi-rel. Net 16 fr.

Bel exemplaire, publication faisant suite : Au Livre, du même auteur, illustrée de nombreuses gravures.

425 **UZANNE** (Octave). Le miroir du monde, notes et sensations de la vie pittoresque. *Paris*, 1888, gr. in-8, rel. amateur, couv. conservée. Net 40 fr.

Ouvrage épuisé, orné de 160 illustrations en couleurs de P. Avril.

426 **UZANNE** (Octave). Nos contemporaines, notes successives sur les parisiennes de ce temps dans leurs divers milieux, états et conditions. *Paris*, 1894, gr. in-8 br. Net 35 fr.

Ouvrage épuisé, orné de 300 illustrations dans le texte, la plupart en couleurs, par P. Vidal, et 20 grandes planches hors texte gravées à l'eau-forte et relevées d'aquarelles, par F. Massé.

427 **UZANNE** (Octave). Le Paroissien du célibataire, observations physiologiques et morales sur l'état du célibat. *Paris*, 1890. (20 fr.) Net 10 fr

Illustrations de A. Lynch, gravées à l'eau-forte par E. Gaujean.

428 **UZANNE** (Octave). Les quais de Paris, études physiologiques sur les bouquinistes et les bouquineurs. *Paris*, 1896, in-8 br. Net 6 fr.

Dessins de E Mas, couverture, frontispice et vignette à l'eau forte par Heidbrinck

429 **UZANNE** (Octave). Son altesse la femme. *Paris*, 1885, gr. in-8 br Net 25 fr.

— Le même, rel amateur. Net 35 fr.

Illustrations de H. Gervet, A. Lynch et F. Rops, reproduites en taille-douce et en couleurs.

430 **UZANNE** (Octave). Les surprises du cœur. *Paris*, 1881, in-8, dos et coins, ch. v., tête dor., n. rogn. Net 5 fr.

431 **UZANNE** (Octave). Les surprises du cœur. *Paris*, 1881, in-8 br. Net 3 fr. 50

432 **VAUX** (Le baron de). Les duels célèbres, préface par Aurélien Scholl. *Paris*, 1884, gr. in-8, broché. Net 8 fr.

Tiré à petit nombre, épuisé. 24 dessins et portraits inédits.

433 **VAUX** (le Baron de). Les femmes de sport, préface par Arsène Houssaye et lettres de Catulle Mendès. *Paris*, 1885, gr. in-8 br. Net 8 fr.

Tiré à 500 ex. sur papier de Hollande ; épuisé. Nombreux portraits sur chine.

434 **VAUX** (le Baron de). Les hommes de sport, préface par Alexandre Dumas fils. *Paris*, *s. d.*, gr. in-8 br. Net 8 fr.

Tiré à petit nombre, épuisé. Nombreuses gravures et portraits.

435 **VAUX** (le Baron de). Les tireurs au pistolet, préface par Guy de Maupassant. *Paris*, 1883, gr. in-8 br. Net 8 fr.

Tiré à petit nombre, épuisé. Nombreux portraits.

436 **VECELLIO** (Cesare). Costumes anciens et modernes principalement du seizième siècle, contenant 513 fig. tirées en noir et accompagnées de l'explication en texte italien avec traduction française, 2 vol. — **FIRMIN DIDOT** (Ambr.). Essai typographique et bibliographique sur l'histoire de la gravure sur bois pour faire suite aux costumes anciens et modernes de César Vecellio, 1 vol. Ensemble 3 vol in-8 br. Net 13 fr.

437 **VERLAINE** (Paul). Confessions, notes autobiographiques. *Paris*, 1895, in-12, br. couv. Net 6 fr.

Epuisé ; rare.

438 **VÉRON** (le Dr L.). Mémoires d'un bourgeois de Paris. *Paris*, 1856, 5 vol. in-12, dos et c. v. Net 12 fr.

439 **VERS-A-SOIE**. Traité de l'éducation des vers-à-soie par Sira-Kawa de Sendaï, traduit du japonais par L de Rosny. *Paris*, 1868, in-8, demi-rel. *24 planches*. Net 20 fr.

440 **VEUILLOT** (Louis). Jésus-Christ, avec une étude sur l'art chrétien par E. Cartier. *Paris*, 1876, in-4, rel. d'amateur. Net 30 fr.

Ouvrage contenant 180 grav. et 16 chromolithographies.

441 **VIARDOT** (Louis). Les Musées d'Allemagne et de Russie, guide et memento de l'artiste et du voyageur. *Paris*, 1844, in-12, dem.-rel chag. br. Net 5 fr.

Epuisé et rare.

442 **VIARDOT** (Louis). Les Musées d'Italie, guide et memento de l'artiste et du voyageur précédé d'une dissertation sur les origines traditionnelles de la peinture moderne. *Paris*, 1842, in-12, dem.-rel. chag. br. Net 5 fr.

Portraits de Raphaël et de Michel-Ange ; rare.

443 **VIE** (la) et légende de Saint Jean-Baptiste, avec celle de tous les Apôtres et Evangélistes. *Troyes*, *s. d.*, in-12, dem.-toile bl. Net 5 fr.

444 **VIE** (la) et les miracles de Saint Antoine, abbé, avec la vie de Ste Marie Egyptienne. *Troyes*, *s. d.*, (1738) in-12, dem-rel. toile v. Net 5 fr.

Figures sur bois.

445 **VIGEANT**. Duels de maîtres d'armes. *Paris*, 1884, in-16 broché Net 6 fr.

Tiré à 480 ex., épuisé

446 **VILLEHARDOUIN** (Geoffroi de). La Conquête de Constantinople, texte original, accompagné d'une traduction par Natalis de Wailly. *Paris*, 1874, gr. in-8, dos et c. ch. r., tête dor. Net 15 fr.

447 **VITET** (L.). Monographie de l'église Notre-Dame de Noyon : plans coupes, élévations et détails par D. Ramée. *Paris*, 1845, in-4, cart. et atlas in-folio. Net 20 fr.

448 **VŒNI** (Athonis). Amoris divini emblemata studio et ære othonis Vœni concinnæta Antverpiæ ex officina Plantiniana. *Balthasaris*, *Moreti*, 1660. Emblemata sive symbola a principibus, viris Ecclesiasticis ac Militaribus alijsque usurpanda devises ou emblèmes pour Princes, gens d'Eglise, gens de guerre et aultres. In-4, dem.-rel. maroq. r., tête dor. Net 25 fr.

Ces deux très curieux ouvrages contiennent 60 grands emblèmes et 207 petits.

449 **VIOLIER**. Le Violier des histoires romaines, ancienne traduction française des Gesta romanorum revue et annotée par G. Brunet. *Paris*, 1858, in-12 br. Net 8 fr.
De la bibliothèque elzévirienne, ex. sur chine ; rare.

450 **VIRGILE**. Les Bucoliques, traduction d'André Lefèvre, illustrations d'Auguste Leloir. *Paris, Quantin*, 1881, in-32 broché Net 6 fr.
De la collection des petits chefs-d'œuvre antiques.

451 **VITU** (Auguste). La maison mortuaire de Molière d'après des documents inédits avec plans et dessins. *Paris, Lemerre*, 1883, in-8 br., publié à 25 fr Net 5 fr.

— Le même ouvrage, dos et coins mar r., tête d. Net 8 fr.

452 **VOYAGES** (les) merveilleux de Saint Brandan à la recherche du Paradis terrestre, légende en vers du 12e siècle *Paris, Claudin*, 1878, in-12, dos et coins mar. bleu, tête dor. Net 8 fr.

453 **WECKERLIN** (J.-B.). Musiciana, extraits d'ouvrages rares ou bizarres, anecdotes, lettres, etc., avec figures et airs notés *Paris*, 1877, in-12, demi-rel. chag, r. coins, tête d Net 5 fr.
Exemplaire sur hollande.

454 **WOLFF** (Albert). Figaro-salon,1889, in-folio, toile r. Net 6 fr.

— Le même 1890, en livraisons. Net 6 fr.
Epuisé, rare.

455 **ZOLA** (Emile). L'Argent. *Paris*, 1891, in-12 broché Net. 10 fr.
Exemplaire sur papier de Hollande : rare. Edition originale.

456 **ZOLA** (Emile). La Bête humaine. *Paris*, 1890, in-12, broché Net 10 fr.
Ex. sur papier de Hollande. Edition originale.

457 **ZOLA** (Emile). Paris *Paris*, 1898, in-12 broche, net. 10 fr.
Exemplaire sur papier de hollande. Edition originale.

458 **ZOLA** (Emile). Le Rêve. *Paris*, 1888, in-12, demi-rel. toile n. r. (couv.) Net 3 fr. 50
Edition originale.

459 **ZOLA** (Emile). Documents littéraires études et portraits *Paris*, 1881, in-12 demi-rel., ch lav. (couv.) Net 3 fr. 50

460 **ZOLA** (Emile). Le Docteur Pascal. *Paris*, 1893, in-12, broché. Net 10 fr.
Exemplaire sur pap. de Hollande. Edition originale.

— Le même ouvrage, ex. sur japon. Net 15 fr.
Edition originale.

461 **ZOLA** (Emile). Lourdes *Paris*, 1894, in-12, broché. Net 10 fr.
Exemplaire sur pap. de Hollande. Edition originale.

462 **ZOLA** (Emile). Messidor, drame lyrique en quatre actes et cinq tableaux, musique de A. Bruneau. *Paris*, 1897, in 12 br. Net 3 fr.
Envoi d'auteur.

Ouvrages sur la Guerre Franco-Allemande et la Commune 1871

La plupart épuisés.

463 **ABBOT** (J.). La princesse Mathilde (Demidoff-Bonaparte). *Londres et Bruxelles, s. d.*, in-18 cart. n. rog *Rare*. Net 4 fr.

464 **AFFAIRE** Bordone. procès en diffamation au sujet de l'ouvrage Garibaldi et l'armée des Vosges. *Paris*, 1872, in-12 br. Net 3 fr.

465 **ALLARD** (l'abbé). Les zouaves pontificaux ou journal de Mgr Allard. *Nantes*, 1880, in-12, br. Net 3 fr.

466 **AVANT LA BATAILLE**. Préface par P. Déroulède. *Paris*, 1886,1 vol. in-12 br. Net 2 fr. 50

467 **ASSEMBLÉE NATIONALE**. Enquête parlementaire sur l'insurrection du 18 mars. *Paris, Germer-Baillière*, 1872, 3 vol. in-4, d.-rel. veau rouge. *Rare*. Net 25 fr.
Au troisième volume on a ajouté un document officiel signé par Raoul Rigault, relatif aux ambulances de la presse.

468 **ASSEMBLÉE NATIONALE**. Enquête sur les actes du gouvernement de la Défense Nationale, sur les délibérations de ce gouvernement. 16 vol. in-4, d.-rel. v. rou. Rare. Net 50 fr.
Rapports 9 vol. Pièces justificatives. 2 vol. Dépositions des témoins, 5 vol.

469 **AMBERT** (Général Baron). Histoire de la guerre de 1870-71. *Paris, Plon*, 1873, in-8 br. Net 3 fr. 50

— Le même ouvrage broché. Avec atlas in-folio. Net 6 fr.

470 **AMBERT** (Général). Le siège de Paris. *Paris, Bloud et Barral*, in-8 br. Net 3 fr.

471 **AMELINE** (Henri). Dépositions des témoins de l'enquête parlementaire sur l'insurrection du 18 mars. *Paris*, 1872 in 12 br. Net 2 fr. 50
Tome Ier.

472 **ANNEXE** au rapport fait au nom de la commission des marchés relativement à l'enquête sur le matériel de guerre par L. Riant. 1873, in-4 demi-rel. Net 5 fr.

473 **ANDRÉOLI**. Le gouvernement du 4 Septembre et la Commune de Paris. *Paris, Bocquet*, 1871, in 12, demi-rel. chag. Net 4 fr.

474 **ARAGO** (E.). L'Hôtel de ville de Paris au 4 Septembre et pendant le siège de Paris. Réponse à M le Cte Daru. *Paris, Hetzel*, in-12, demi-rel chag. Net 3 fr. 50

— Le même br. Net 2 fr. 50

475 **L'ARMÉE** allemande, son organisation, sa manière de combattre, etc., par un Général Prussien, trad. par Gunsett et de Bouteiller. *Paris, Dentu*, 1871, in-12 br. Net 2 fr.

476 **L'ARMÉE** française et sa réforme d'après les écrits du Duc d'Aumale, de Changarnier, de Trochu, par un fidèle Prussien. *Berlin*, 1867, in-8 br. Net 1 fr. 50

477 **ARNOULD** (Arthur). Histoire populaire et parlementaire de la Commune de Paris. *Bruxelles*, 1878, 3 vol. in-12 cart., n. rog. Net 30 fr.

Très rare.

Exemplaire auquel on a ajouté un autographe dans chaque volume, pour le 1er un autographe de l'auteur à Sigismond Lacroix, pour le 2e un document officiel signé Pindy, et pour le 3e volume une lettre autographe de Félix Pyat au Cit. Caumeau (1887).

478 **BARBOU**. Gambetta Histoire secrète de sa vie. *Paris*, 1879, in-18 br. Net 3 fr.

479 **BAUNARD**. Le Général de Sonis, d'après ses papiers et sa correspondance. *Paris*, 1894, in-12 br. Net 4 fr.

480 **BAZAINE** (l'Ex.-Maréchal). Episodes de la guerre de 1870 et le blocus de Metz. *Madrid, Gaspar*, 1883, in-8, br. *Cartes.Rare*. Net 8 fr.

Notes à l'encre dans les marges.

481 **BAZAINE**. L'armée du Rhin depuis le 12 août jusqu'au 29 octobre 1870. *Paris*, 1872, in-8 br. Cartes. Net 5 fr.

482 **BAZANCOURT**. L'expédition de Crimée jusqu'à la prise de Sébastopol. *Paris, Amyot*, 1856, 2 vol. in-8, demi-rel. Net 8 fr.

483 **BEAUMONT-VASSY** (Vicomte de). Histoire intime du second Empire. *Paris, Sartorius*, 1874, in-12 br. Epuisé Net 3 fr. 50

484 **BEAUQUIER**. Les dernières campagnes dans l'Est. *Paris*, 1873, in-12, br. Net 2 fr.

485 **BEAUSSIRE** (E.). La guerre étrangère et la guerre civile en 1870 et 1871. *Paris*, 1871, in-12 br. Net 2 fr.

486 **BELFORT**. La défense de Belfort écrite sous le contrôle de M. le Colonel Denfert-Rochereau, par MM. Thiers et de La Laurencie *Paris*, 1871, in-8 br. *Cartes et plans*. Net 4 fr.

487 **BELLIER DE VILLIERS**. Siège de Paris. Le 5e Secteur. *Paris*, 1871, in-8 br. Net 1 fr. 50

488 **BERTALL**. Les communeux, 1871. Types, caractères, costumes. 1 vol. in-4, cart. illustré, 38 dessins en couleurs. Net 8 fr.

489 **BIBESCO** (Prince Georges) Belfort, Reims, Sedan. Le 7e corps de l'armée du Rhin. *Paris, Plon*, 1874. in-8 demi-rel. Net 4 fr.

490 **BIDARD** (Dr René). Souvenirs et impressions personnelles d'un médecin de mobiles. 1870-71. *Alençon*, 1890, broch. in-8. Net 1 fr. 50

491 **BIVOUACS** (Les) de Vera Cruz à Mexico, par un Zouave, préface par A. Scholl. *Paris*, 1865, in-12, cart. Net 3 fr.

492 **BLANCHECOTTE** (Mme) Tablettes d'une femme pendant la Commune. *Paris*, 1872, in-12 br. Net 1 fr. 50

493 **BLOCUS DE METZ** 1870. Publication du Conseil municipal. *Metz*, 1871, in-8, br. Net 3 fr. 50

494 **BLOIS** (Gén. de). L'artillerie du 15e corps pendant la campagne de 1870-1871. *Paris, Dumaine*, 1872. in-8 br. Net 3 fr.

495 **BOIS** (Maurice). Sur la Loire. Batailles et combats *Paris, Dentu*.1888, in-8 br., *cartes*. Net 4 fr.

496 **BOISSIÈRE**. Tué à Sedan Lettres d'un sous-lieutenant recueillies par un ami. *Paris, Sauton*, 1875, in-4 br. *Rare*. Net 5 fr.

497 **BORDIER** (Henri). L'Allemagne aux Tuileries de 1850 à 1870. *Paris, Beauvais*, 1872, in-8 br. Net 5 fr.

498 **BORBSTAEDT**. Campagne de 1870-1871. Opérations des armées allemandes, depuis le début de la guerre jusqu'à la capitulation de Strasbourg, trad. de l'allemand par E. Costa de Serda. *Paris, Dumaine*, 1872, in-8 et atlas in-fol. brochés. Net 10 fr.

499 **BORDONE** (Gén.). Gambetta, avec un portrait par A. Gill et un autographe. *Paris*, 1882, in-12, dem.-rel. Net 5 fr.

Exemplaire avec envoi autographe de l'auteur. On y a ajouté un extrait de l'état-civil de Gambetta et différents articles de journaux.

500 **BORDONE** (Gén.). Garibaldi et l'armée des Vosges. Récit officiel de la campagne. *Paris, Lacroix*, 1871, in-8 br. Net 5 fr.

501 **BOURGOGNE**. Mémoires pour nuire à l'histoire de mon temps. Le prince Napoléon. *Paris, Lachaud*, 1870, in-8 br. Net 2 fr.

501 *bis* **BOURLOTON** (E. et E **ROBERT**. La Commune et ses idées à travers l'histoire. *Paris, Germer-Baillière*, 1872, in-12, cart. Net 2 fr. 50

502 **BULLETIN** des lois, arrêtés, décrets et proclamations de la Commune de Paris. *Paris, Lacroix*, 1871, in-12 br Net 1 fr. 50

503 **CAMPAGNE DE 1870** (La). Récit des événements militaires, depuis la déclaration de guerre jusqu'à la capitulation de Paris. Woerth, Sedan, Metz. *Paris*, trad. du Times par Allou. *Paris*, 1871, in-12 br. Net 2 fr.

504 **CATHELINEAU** (Gén. de). Le corps Cathelineau pendant la guerre de 1870-71. *Paris*, 1871, 2 vol. in-8 br Net 6 fr.

505 **CATHELINEAU** (Général). Le corps Cathelineau pendant la guerre (1870-71). *Paris, Amyot*, 1871, 1re partie, in-12, br. Net 3 fr. 50

506 **CHANZY** (Gén.) La deuxième armée de la Loire. *Paris, Plon*, in 8 br. Net 5 fr.

507 **CHARETTE** (le Baron de) Souvenir du Régiment des Zouaves pontificaux. Rome 1860-1870. — France. 1870-1871. *Tours, imprimerie Mame*, 1875, gr. in-fol. obl., cart. toile. Net 10 fr.

Nombreuses figures grav. à l'eau-forte Ouvrage imprimé au profit de l'Eglise élevé sur le champ de bataille de Loigny (Patay, 2 décembre 1870).

Exemplaire du comte de Girardin, avec envoi d'auteur signé.

508 **CHARRIAUT**. Collection des lois et décrets du gouvernement Français, du 4 septembre 1870 au 11 février 1871. *Bordeaux*, 1871, in-8 br. Net 3 fr.

509 **CHAPERON** (Henri). Historique du 46me régiment d'infanterie. *Paris, Lavauzelle*, 1894, in-8 br Net 2 fr. 50

510 **CHATEAUDUN**. Plan de la ville, du combat et de l'incendie du 18 octobre 1870. 1 feuille pliée et collée sur toile de 0,64+0,48. 1 fr. 75

511 **CHATEAUDUN**. Journée du 18 octobre 1870. Rapport du maire de Châteaudun à Monsieur le ministre de l'Intérieur, in-4. 1 fr. 50

512 **CHAUDORDY** (Cte de). La France à la suite de la guerre de 1870-71. *Paris, Plon*, 1887, broch. in-8. Net 1 fr. 50

513 **CHENU**. Le mémorial de Napoléon III. *Paris, Ghio*, 1872, in-12, cart. n. rog. Net 4 fr.

Epuisé et rare

514 **CHUQUET**. Le Général Chanzy, 1823-1883. *Paris*, 1884, in-12 br. Net 2 fr.

515 **CIRCULAIRES**, rapports, notes et instructions confidentielles, 1851-70. *Paris, Lachaud*, 1872, in-8, cart. Net 4 fr.

516 **CLARETIE** (Jules). L'Empire, les Bonaparte et la cour, documents nouveaux sur l'histoire du premier et du second Empire. *Paris*, 1871, in-12 br. Net 2 fr.

517 **CLARETIE** (Jules). La guerre nationale, 1870-71. *Paris*, 1871, in-12 br. Net 1 fr. 75

518 **CLARETIE** (Jules). La France envahie. Forbach et Sedan, impressions et souvenirs. *Paris, Barba*, 1871, in-12 br. Net 2 fr. 50

519 **CLAYTON**. Amour sacré de la patrie. Episode de la guerre de 1870-71, préface par P. Bert. *Paris, s. d.*, in-8 br. Net 4 fr. 50

520 **CLÈRE** (Jules). Les hommes de la Commune, biographie complète de tous ses membres. *Paris, Dentu*, 1871. in-18 br. *Epuisé*. Net 2 fr. 50

521 **CLUSERET** (Général). Mémoires. *Paris, Lévy*, 1887, 2 tomes en 1 vol. in-12, cart. n. rog. Net 7 fr.

— Le même, 2 vol. in-12, demi-rel. Net 5 fr. 50

— Le même, 2 vol. in 12 br. 4 fr. 50

522 **COLONNA CECCALDI** (T.). Lettres militaires du siège. *Paris*, 1872. in-12 br. Net 1 fr. 50

523 **CROMBRUGGHE** (Bne de). Journal d'une infirmière pendant la guerre de 1870-71. Sarrebruck, Metz, Cambrai. *Paris, Plon*, 1871, in-12, br. Net 2 fr.

524 **CROZES** (L'abbé). Histoire du capitaine Frédéric Révol, ou arrestation, captivité et délivrance de l'abbé Crozes, otage de la Commune *Paris, De Soye*, 1872, in-12, br. *Port. Envoi autographe de l'auteur à M. Dager* net 6 fr.

Exemplaire auquel on a ajouté un autographe de l'auteur, daté et signé de Mazas (le 10 mai 1871).

525 **DALSÈME**. Histoire des conspirations sous la Commune. *Paris*, 1872, in-12, br. Net. 2 fr

526 **DALSÈME** (A. J.). Paris pendant le siège et les 65 jours de la Commune. *Paris, Dentu*, 1871, in-12, br. *Plan. Epuisé*. Net 4 fr.

527 **DAMÉ** (F.). La résistance, les maires, les députés de Paris et le comité central. *Paris*, 1871, in-12, br. Net 2 fr.

528 **D'ARSAC**. Mémorial du siège de Paris. *Paris*, 1871, in-12, br. Net 2 fr. 50

529 **DAUBAN**. Le fond de la société sous la commune décrit d'après les documents qui constituent les archives de la justice militaire. *Paris, Plon*, 1873, in-8, demi-rel Net 5 fr.

530 **D'AURELLE DE PALADINES** (Gal). La première armée de la Loire. *Paris, Plon*, 1872. in-8, br. *Cartes*. Net 4 fr.

531 **D'AVESNE** (E.). Lee deux Frances. Radicaux et catholiques 1870. *Paris*, 1880, in-12, br. Net 2 fr. 50

532 **D'AVESNE**. Devant l'ennemi. *Paris, Palmé*, 1888, in-8, br. Net 3 fr.

533 **DEBRIT** (Marc). La guerre de 1870, notes au jour le jour. *Genève*, 1871, in-12 br. Net 2 fr. 50

534 **DELALAIN** (Ed.). Le siège de Paris (du 18 septembre 1870 au 28 janvier 1871). *Paris, Lefort*, 1 vol. in-8 br. Net 2 fr.

535 **DELESCLUZE** (Ch.). De Paris à Cayenne, journal d'un transporté. *Paris, Le Chevalier*, 1872, in-12 cart. n. rogné. Net 12 fr.

On a ajouté à cet exemplaire une curieuse lettre autographe de Ch. Delescluze.

536 **DELION** (Paul). Les membres de la Commune et du comité central. *Paris*, 1871, in 12 br. Net 2 fr. 50

537 **DELORD** (Taxil). Histoire du second Empire. *Paris, Germer-Baillière*, 6 vol. in-8, demi-rel. Net 20 fr.

Epreuves tirées sur grand papier de Chine

539 **DESCHAUMES** (Ed.). La retraite infernale armée de la Loire 1870-71. *Paris, Didot*, 1889, gr. in-8 br. Net 3 fr.

540 **DES GODINS DE SOUHESMES**. Blocus de Metz en 1870. Bazaine-Coffinières. *Verdun et Paris*, 1872, in-8, demi-rel. chag Cartes. Net 5 fr.

541 **DESPLANTES**. Faidherbe et l'armée du Nord. *Rouen*, 1891, in-8 br. Net 2 fr.

542 **DESPLANTES**. Chanzy et l'armée de la Loire. *Rouen*, 1891, in-8 br. Net 2 fr.

543 **DESPREZ**. Histoire de la guerre de 1870-71 et du siège de Paris. *Paris, Noblet, s. d.*, in-8 br Net 2 fr. 50

544 **DICK DE LONLAY** Français et Allemands. Histoire anecdotique de la guerre de 1870-71. Niederbronn, Wissembourg, Frœschwiller, Châlons, Reims Buzancy, Beaumont, Mouzon, Bazeilles, Sedan. *Paris*, 1888, gr. in-8, cart Net 6 fr.

— Le même ouvrage, 6 vol. in-8, dem.-rel. Net 18 fr.

545 **D'ILLE** (Ch.). Notes historiques sur le 1er bataillon de la mobile des Bouches-du-Rhône et sur l'insurrection Arabe en 1871. *Aix*, 1871, in-12 br. Net 2 fr. 50

546 **DOSSIER** d'un condamné à mort, annotations de Me Léon Bigot, Avocat. Lettre-préface de Victor Hugo. *Paris, Chevallier*, 1871, in-12, cart. n. rog. Epuisé. Net 3 fr.

547 **DRÉOLLE** (Ernest). La journée du 4 septembre au corps législatif avec notes sur les journées du 3 et du 5 septembre. *Paris*, 1871, in-12 br Net. 2 fr.

548 **DUCROT** (Gal). La défense de Paris (1870-1871). *Paris Dentu*, 1883, 4 vol in-8, demi-rel. tête dorée, n rog. Net 45 fr.

Bel exemplaire.

— Le même, 4 vol. dem.-rel., tr. jaspées. Net 36 fr.

549 **DUCROT** (Gal) La Défense de Paris 1870-71. *Paris*, 1875, in-8 br. Net 3 fr.

Tome 1er.

550 **DUCROT** (Gal). La journée de Sedan. *Paris*, 1877, in-12 br. *Cartes* Net 2 fr.

551 **DUPONT** (Léonce). La Commune et ses auxiliaires devant la justice. *Paris*, 1871, in-12 br. Net 1 fr. 75

552 **DURRIEU**. Le coup d'Etat de Louis Bonaparte, histoire de la persécution de décembre. Magen Le Pilori, listes par départements de proscripteurs de décembre 1851. Ens 2 vol. in-18 br Net 2 fr. 50

553 **DUSSIEUX**. Histoire générale de la guerre de 1870-71. *Paris*, 1872, in-12 br. Net 1 fr. 75

554 **ENAULT** (Louis). Paris brûlé par la Commune. *Paris, Plon*, 1871, in-12 br. Net 2 fr. 50

555 **ENQUÊTE** parlementaire sur les actes du gouvernement de la Défense Nationale. — Rapport de M. le Comte Daru sur la politique du gouvernement à Paris. 1873, in-8 br. Net 5 fr.

556 **ERNOUF** (Baron). Histoire des chemins de fer pendant la guerre franco-prussienne. *Paris*, 1874, in-12 br. Net 2 fr. 50

557 — Examen, au point de vue militaire, des actes du gouvernement dans Paris, par M. Chapers. 1873, in-4, demi-rel. Net 5 fr.

558 **FAIDHERBE** (Général). Campagne de l'armée du Nord en 1870-71. *Paris*, 1871, in-8 br., *carte*. Net 4 fr.

559 **FARCY** (Camille). Histoire de la guerre de 1870-1871. L'Empire, la République. *Paris, Dumaine*, 1872. in-8, demi-rel. Net 4 fr.

— Le même, br. Net 3 fr.

560 **FAY** (Général). Journal d'un officier de l'armée du Rhin. *Paris*, 1889, in-8 br. Net 3 fr. 50

561 **FERMÉ**. Les grands procès politiques. Boulogne. *Paris*, 1869, in-12 br. Net 1 fr. 50

— Strasbourg. *Paris*, 1869, in-12 br. Net 1 fr. 50

562 **FILS DUCHENE** (Le). Feuille publique par les citoyens Hugène, Gugusse et Dodorre. *Bruxelles*, 1871. (10 nos complets), in-8 br. Net 5 fr.

563 **FISCHBACH** (Gustave). Le siège et le bombardement de Strasbourg. *Strasbourg*, 1871, in-12 br. *Port*. Net 3 fr. 50

564 **FLACH** (J.). Strasbourg après le bombardement. 2 octobre 1870, 30 septembre 1872. Rap-

port sur les travaux du comité de secours Strasbourgeois pour les victimes du bombardement. *Strasbourg*, 1873. in-8. br. Net 3 fr. 50

565 **FLOURENS**. Paris livré. *Paris*, 1871, in-12 br. Net 2 fr.

566 **FONTOLIEU** (P.). Les Eglises de Paris sous la Commune. *Paris*, 1873, in-12 br. Net 2 fr.

567 **FOUDRAS** (Cte de). Les francs-tireurs de la Sarthe. Journal d'un commandant. *Châlons s/ Saône*, 1872. in-8 br. Net 2 fr. 50

568 **FOURIER** Organisation des forces armées de la France, conçue selon la notion de l'unité sociale et précédée de l'examen de l'armée française en 1867. *Paris, Amyot*, 1867, in-8. demi-rel. Net 4 fr.

569 **FRANC** (A.). Une évasion de Lambèse. Souvenir d'un excursionniste malgré lui. *Bruxelles, Sardou*, 1877, in-12 br. Net 2 fr.

570 **FRANK**. Histoire de l'Assemblée Nationale de 1871. *Paris*, 1873, in-12 br. Net 3 fr.

571 **GAGNIÈRE** (A.). Histoire de la presse sous la Commune. *Paris*, 1872. in-12, br. Net 2 fr. 50

572 **GAGNIÈRE**. Histoire de la presse sous la Commune (du 18 mars au 24 mai 1871). *Paris, Lachaud*, 1872, in-12, cart. n. rel. *Couv.* Net 7 fr.

On a ajouté à cet exemplaire une curieuse lettre autographe de Lissagaray adressée à M. Naquet.

573 **GAMBETTA**. 4 pièces en 1 vol. in-12, demi-rel. Net 3 fr. 50

Léon Gambetta par Depasse. *Paris*, 1883. — Gambetta dictateur, par Bérand. *Paris*. 1881. — Télégrammes militaires de L.Gambetta du 9 octobre 1870 au 6 février 1871 publ. par G. d'Heylli. *Paris*, 1871. — La dictature de Gambetta par Blandeau. *Paris, Amyot*, 1871.

574 **GAMBETTA**. 1869-1879, avec un portrait par A. Gill et un autographe. *Paris, Sandoz*, 1879. in-12 br. *Epuisé* Net 3 fr. 50

575 **GARIBALDI**. Les Mille. *Paris, Silvain*, 1875, in-8 br. Net 4 fr.

576 **GARNIER** (Jules). Les volontaires du génie dans l'Est. *Paris, Plon*, 1872, in-12 br. *Carte*. Net 2 fr. 50

577 **GASTYNE** (J. de). Mémoires secrets du comité central et de la Commune. *Paris*, 1871, in-12 br. Net 2 fr.

578 **GELDERN** (Comte de). Les sièges de Paris et de Belfort en 1870-71, traduits par V. Grillon. *Paris*, 1873, in-8 br Net 3 fr.

579 **GÉRAUD** (Léon). Les Etapes d'un chasseur à pied. Souvenirs de la 1re armée de la Loire. *Paris*, 1872, in-12 br. Net 1 fr. 50

580 **GERSPACH** (E.). Le Colonel Rossel, sa vie et ses travaux, son rôle pendant la guerre et la Commune, son procès. *Paris, Dentu*, 1873, in-8, cart. n. rogné. Net 15 fr.

On a ajouté à cet exemplaire une très curieuse lettre autographe à Rossel, par Jules Renard, organisateur des légions de la Garde Nationale.

581 **GILL** (André). Le bulletin de vote (portraits et biographies), 72 numéros (1876) en 1 vol. in-12, cart. bradel. Net 5 fr.

582 **GIRARDIN** (E. de). Le dossier de la guerre de 1870. *Paris*, s. d., in-12, br. Net 2 fr.

583 **GLAIS-BIZOIN**. Dictature de cinq mois, mémoires p. s. à l'histoire du gouvernement de la défense nationale et de la délégation de Tours et de Bordeaux. *Paris*, 1873, in-12, br. Net 2 fr. 50

584 **GOUVERNEMENT** de la défense nationale. Actes de la délégation à Tours et à Bordeaux *Tours*, 1871. broch. in-8. Net 2 fr. 50

585 **GRAMONT** (Duc de). La France et la Prusse avant la guerre. *Paris, Dentu*, 1872, in-8, d.-rel. chag. Net 5 fr.

586 **GRANDEFFE**. Mobiles et volontaires de la Seine pendant la guerre et les deux sièges. *Paris, Dentu*, 1872, in-12 br. Net 2 fr. 50

587 **GRELLOIS**. Histoire médicale du blocus de Metz. *Paris*. 1872, in-8 br. Net 3 fr. 50

588 **GRENEST**. L'armée de la Loire, relation anecdotique de la campagne de 1870-1871. *Paris, Garnier*, 1893, gr. in-8, cart. *Nombreuses gravures de Bombled*. Net 7 fr.

589 **GUÉNIN**. Assassinat des otages. Sixième conseil de guerre, compte-rendu des débats. *Paris*, 1872, in-12 br. Net 3 fr.

590 **GUERRE** Franco-Allemande de 1870-71, rédigée par la section historique du grand état major Prussien, trad. française par Costa de Serda. 20 livraisons, in-8 br et cartes. Net 120 fr.

591 **GUILIN** Souvenirs de la dernière invasion. Episodes de la guerre sous Metz. *Limoges*, 1872, in-8 br. Net 2 fr. 50

592 **HABENECK** (Ch.). Les régiments martyrs. Sedan-Paris. *Paris*, 1871, in-12 br. Net 2 fr. 50

593 **HANS** (Ludovic). Second siège de Paris. le Comité central et la Commune. *Paris*, 1871, in-12 br. Net 2 fr.

594 **HEYDEKAMPF** (Stieler von). Opérations du Ve corps prussien dans la guerre contre la France, trad. par Humbel. *Paris, Dumaine*, 1873 in-8 br. *Cartes*. Net 3 fr. 50

595 **HISTOIRE** critique du siège de Paris par un officier de marine. *Paris*, 1871, in-12, br. Net 3 fr.

596 **HISTORIQUE** du 19e régiment de chasseurs à cheval, 1792-1892 (Lille, imp. Danel, 1893). In-br, neuf Net 30 fr.

Très beau vol. illustré de portraits en noir et en couleurs, gravures diverses, cartes, etc.

597 **HUGO** (Victor). Pièces in-8, et in-18 Editions originales avec les couvertures. Net 4 fr.

La voix de Guernesey 1867, *Londres*, 1868. — Le droit et la loi. *Paris*, 1875. — Pour un soldat. *Paris*, 1875. Ce que c'est que l'exil. *Paris*, 1875 — La libération du territoire. *Paris*, 1883.

598 **HUGO** (V.). Napoléon le Petit. Nouvelle édition augmentée de : La nouvelle Caprée. L'Apothéose matrimoniale de Bonaparte Montijo et de la vie d'un illustre sénateur. *Stockholm*, 1871, in-12, br. Net 3 fr.

599 **HUGO** (Victor). Quatorze discours. *Paris*, 1851, in-8, d.-rel. Net 3 fr.

600 **JACQUEMONT**. La campagne des zouaves pontificaux en France sous les ordres du Gén. de Charette. 1870-71. *Paris*, 1871, in-12 br. Net 2 fr.

601 **JEZIERSKI** (Louis). Combats et batailles du siège de Paris. *Paris*, 1872, in-12 br. Net 1 fr. 75

602 **JOANNE**. Atlas de la Défense Nationale, carte des dix-sept départements envahis ou menacés par l'ennemi, in-fol., br. Net 3 fr.

603 **JOURNAL** des journaux de la Commune, tableau résumé de la presse quotidienne du 19 mars au 24 mai 1871. *Paris*, 1872, 2 vol. in-12 br. Net. 4 fr.

604 **JOURNAL** officiel de la commune du 18 mars au 24 mai 1871, 77 numéros in-folio. Net 10 fr.

Edition originale. Rare.

605 **JOURNAL** officiel de la Commune du 19 mars au 24 mai 1871. *Paris*, 1871, gr. in-8 cart. (Réimpression), Net. 7 fr.

606 **JOURNAL** d'une parisienne pendant le siège. in-4 br. *Figures en couleurs, types militaires*. Net 3 fr.

607 **KERATRY** (Cte de). Le Dernier des Napoléon. *Paris, Lacroix*, 1874. in-8 demi-rel. *Papier de Hollande*. Net 4 fr.

608 **LES JOURNAUX ROUGES**, histoire critique de tous les journaux ultra-républicains publiés à Paris depuis le 27 février 1848 par un Girondin. *Paris*, 1850, in-12 br., net. 3 fr.

609 **JULIETTE LAMBER** (Mme Edmond Adam). Le siège de Paris, journal d'une Parisienne. *Paris, Lévy*, 1873. in-12 demi-rel. Net. 3 fr.
— Le même br. Net 2 fr.

610 **KELLER**. Histoire de la Commune. *Arnhem*, 1871, 2 vol. in-4, cart. *Figures*. Net 4 fr.
Texte hollandais.

611 **KELLER** Paris assiégé. *Arnhem*, 1871, in-4 cart. contient 10 planches en couleurs de types militaires. Net 6 fr.
Texte hollandais.

612 **KÉRATRY** (Cte de). Le 4 Septembre et le gouvernement de la Défense Nationale, déposition devant la commission d'enquête de l'assemblée nationale Mission diplomatique à Madrid, 1870. *Paris, Lacroix*, 1872, in-8 br. Net 4 fr.

613 **LABRUGÈRE** (de). Histoire de la Commune de Paris. Histoire de l'internationale. La commune à Lyon, Marseille, Toulouse. *Paris, Fayard*, 1872, in-8 br. *Figures* Net 4 fr.

614 **LABRUGÈRE** Histoire de la troisième invasion Siege de Paris. *Paris, Fayard*, gr. in-8, demi-rel. *Figures*. Net 3 fr.

615 **LA CHAPELLE** (Cte de). La guerre de 1870, détails et incidents recueillis sur les champs de bataille. Journal de la guerre. *Londres*, 1871, 2 vol. in-12 br. Net 5 fr.

616 **LAGUERONNIÈRE** et **DE NOGENT**. Histoire de la guerre de 1870-71 L'invasion. Les désastres. La Commune. *Charleville*, 1871, in-8, demi-rel. Net 3 fr. 50

617 **LANDEAU** (U.). L'intendance militaire jugée et condamnée par ses fonctionnaires. *Paris, Tanera*, 1864, in-8, dem.-rel. chag. Net 3 fr.

618 **LAMAZOU** (L'abbé). La place Vendôme et la Roquette, documents historiques sur la Commune précédés d'une lettre de Mgr Dupanloup. *Paris, Douniol*, in-12 br. Net 2 fr.

619 **LA RONCIÈRE-LE NOURY** (Vice-Amiral de). La Marine au siège de Paris. *Paris, Plon*, 1872, in-8, dem.-rel. Net 4 fr.
Mouillures
— Le même br. Net 4 fr.

620 **LARROQUE** (Patrice). De la guerre et des armées permanentes. *Paris*, 1864, in-12 br. Net 3 fr.

621 **LARROQUE** (Patrice). De l'organisation du gouvernement républicain *Paris, Lévy*, 1870, in-8 br. Net 2 fr. 50

622 **LA TOUR DU PIN CHAMBLY** (Cte de). L'armée française à Metz. *Paris*, 1872, in-12 br. Net 1 fr. 75

623 **LEBRUN** (Gal). Bazeilles et Sedan. *Paris. Dentu*, 1884, in-8 br. *Cartes* Net 3 fr.

624 **LECLERC**. La garde nationale à cheval pendant le siège de Paris. Souvenirs de la Légion, illustrés de 13 dessins de Lalaisse, 3 compositions de Goubie et 8 portraits de Ed. Morin. *Paris*, 1871, gr. in-8 br. *Rare*. Net 8 fr.

625 **LEFAURE** (Amédée). Histoire de la guerre Franco-Allemande. 1870-71. *Paris, Garnier*, 2 tomes en 1 vol. gr. in-8, demi-rel. chagr., tr. dorées. *gravures*. Net 9 fr.
— Le même, broché avec atlas. Net 9 fr.

626 **LETTRES** de Londres sur le prince Napoléon-Louis et sur différens sujets de politique. *Paris*, 1840, in-18 cart., n rog. Net 2 fr. 50

627 **LEMONNYER** (J.) Les journaux de Paris pendant la Commune revue bibliographique de la presse Parisienne du 19 mars au 27 mai. *Paris, s. d.*, broch. in-12. Net 1 fr. 50

628 **LETTRES** d'une Parisienne pendant la guerre, 15 juillet 1870 2 juin 1871. *Compiègne*, 1876, in-12 d.-rel. Net 3 fr 50

629 **LIOUVILLE** et **ROUSSEAU**. Recrutement de l'armée, organisation de la garde nationale mobile. commentaire des lois de 1832 et 1868. *Paris. Cadot*, in-12, demi-rel. chag. Envoi des auteurs à J. Favre. Net 3 fr.

630 **LOCK** (Frédéric). La Commune deuxième série du siège de Paris. *Paris, Courcier, s. d.*, in-12 br. Net 2 fr.

631 **LOUVAT** (Capitaine). Historique du 7ème Hussards. *Paris, Pairault*, 1889, in-8, cart. Net 12 fr.

632 **MAGEN** (H.). Histoire du second Empire. 1 fort vol. gr. in-8, cart. illustré de nombreuses gravures. Net 7 fr.

633 **MAGEN** (Hippolyte). Le Pilori. Paris sous le bas Empire ou Paris actuel par Lambert. *Londres*, 1871, Rogeard. La crise électorale de 1869. *Bruxelles*. 1869, ens. 3 pièces in-18 br. Net 2 fr. 50

634 **MAILLARD** (Firmin). Les publications de la rue pendant le siège et la Commune. Satyres, canards, complaintes, chansons, placards, et pamphlets *Paris, Aubry*, 1874. in 12, cart., n rog., *rare* Net 3 fr. 50
—Le même. br. Net 2 fr. 50

635 **MAQUEST** (Pierre). La France et l'Europe pendant le siège de Paris. (18 septembre 1870-28 janvier 1871). Encyclopédie politique, militaire et anecdotique. Siège de Paris. Bazaine, Thiers. Gambetta. *Paris*, 1874. in-8. br. Net 3 fr.50

636 **MARTHOLD** (Jules de). Memorandum du siège de Paris 1870-71. *Paris*, 1884, in-12 br. *Cartes*. Net 1 fr. 75

637 **MARTINY DE RIEZ**. Histoire illustrée de la guerre de 1870 71 et de la guerre civile à Paris. *Paris*, 1873, in-8, demi-rel. Net 3 fr.

638 **MARTIN DES PALLIÈRES** (Gén.). Orléans. *Paris Plon*, 1874, in-8, dem.-rel. Net 5 fr.
— Le même, br. 4 fr.

639 **MAUPAS** (de). Mémoires sur le second Empire. *Paris, Dentu*, 1884, 2 vol. in-8 br. Net 9 fr.

640 **MAYER** (P.). Histoire du Deux Décembre avec documents inédits et pièces justificatives. *Paris, Ledoyen*, 1852. in-12 br. Net 3 fr.

641 **MÉLANGES**. Notice sur F. V Raspail. *port*. — Les mystères du cabinet noir sous l'Empire et la poste sous la Commune. *Paris, Dentu*, 1871 (Epuisé). — Les Allemands en France. 8 jours dans la Seine-et-Oise. *Paris*, 1872 — Pendant la Commune par Ranc. *Bruxelles*, 1876. Ens. 4 pièces en 1 vol. in-12, demi-rel. chag. Net 3 fr.

642 **MÉLANGES**. 4 pièces en 1 vol. in-18, cart. Net 3 fr.
Les bénéfices de la maison Gambetta, par A. Ponet. — Discours de M. D'Audiffret Pasquier sur les marches de la guerre et l'administration Impériale 1872. Discours de M. Rouher, séance du 21 mai 1872. Discours de M.M. D'Audiffret-Pasquier et Gambetta en réponse à M. Rouher. 1872.

643 **MÉLANGES**. 7 pièces en 1 vol. in-8, cart. Net 6 fr.
Lettres sur la guerre de 1870, par Franck. *Milan*, 1871. — L'équilibre Européen après la guerre de 1870, par Cucheval-Clarigny. *Bruxelles, s. d.* — Les droits de la France sur l'Alsace et la Lorraine part. Michiels. *Bruxelles*, 1871. — Bismark, sa biographie et sa politique par A. Michiels. *Bruxelles*, 1871. — Miranda. Un diner à Versailles chez M. de Bismark. *Bruxelles*, 1871.

— L'armée française en 1867 par le Général Trochu. Paris, 1867 — Un mot sur le projet de réorganisation militaire par le Général Changarnier. *Paris*, 1867.

644 **MÉMOIRES** de Griscelli de Vezzani dit le Baron de Rimini ex-agent secret de Napoléon, Cavour, Antonelli, François II et de l'Autriche. *Bruxelles*, *s. d.*, in-12, cart. Net 4 fr.
— Le même, broché. Net 3 fr. 50

645 **MÉLANGES POLITIQUES**. 8 pièces en 1 vol. in-8, demi-rel. chag. Net 6 fr.
Affaire de la souscription Baudin. *Paris*, 1868. — Discours prononcé par Béchard dans la discussion du projet de constitution (1848) — Lettre de l'abbé Daniel, ancien recteur de l'académie de Caen à M. Carnot, ancien ministre de l'Instruction publique (1848). — La noblesse et les titres nobiliaires dans les sociétés chrétiennes par le prince A. de Crouy-Chanel de Hongrie. *Paris*, 1830. — De l'influence de la philosophie du XVIIIe siècle sur les réformes de la procédure criminelle par L. Renault. *Paris*, 1862. — La police, juge et partie, pétition par E Faligan 1831. — Réponse de M. de Lesseps au ministère et au conseil d'Etat *Paris* 1819 *Envoi autographe de l'auteur*, il manque au vol. un coin du titre et du faux-titre. — Du rétablissement du scrutin de liste par J. Reinach. *Paris*, 1880.

646 **METZ**. Campagne et négociations par un officier supérieur de l'armée du Rhin. *Paris*, *Dumaine*, 1872. in 8, demi-rel chag. Net 5 fr.

647 **METZ** campagne et négociations par un ancien officier supérieur de l'armée du Rhin. *Paris, Dumaine*, 1872, in-8 br. *Carte*. Net 4 fr.

648 **MICHEL**. Le siège de Paris 1870 71. *Paris*, *s. d.*, in-12 br. Net 2 fr.

649 **MICHEL** (Adolphe). Histoire de la troisième République. *Paris*, *Cadot*, 2 tomes en 1 vol. in-8, cart. Portraits. Net 8 fr.

650 **MIDDLETON** (Robert). Garibaldi, ses opérations à l'armée des Vosges. *Paris*. *Amyot*, 1871, in-8 br. Net 3 fr. 50

651 **MOLINARI** (G. de) Les clubs rouges pendant le siège de Paris. *Paris*, 1871, in-12 br. Net 2 fr.

652 **MOIS** (Le) résumé mensuel, historique et politique de tous les événements jour par jour, heure par heure entièrement rédigé par Alexandre Dumas. 12 premiers numéros en 1 vol. in-4, d.-rel. Net 4 fr.

653 **MORIAC** (Ed.). Paris sous la Commune, précédé des commentaires d'un blessé par H. de Pène. *Paris*, *Dentu*, 1871, in-12 br. Net 3 fr.

654 **MORIAC** (Ed.). Paris sous la Commune. 18 mars au 28 mai, précédé des commentaires d'un blessé par H. de Pène. *Paris*, 1871, in-12 br. Net 3 fr.

655 **MOULIN** Récits de guerre. *Paris*, 1873, in-12, br. Net 2 fr.

656 **MURAILLES** révolutionnaires et politiques. 7 vol. in-4, demi-rel Net 60 fr.
Murailles révolutionnaires de 1848, collection des décrets, bulletins de la République, adhésions, affiches, fac-simile de signatures, professions de foi, préface d'Alf. Delvau. 3 vol. Les murailles politiques françaises du 18 juillet 1870 au 25 mai 1871. Affiches françaises et allemandes. Les Murailles d'Alsace Lorraine 1 vol. La Commune Paris, Versailles, La Province 18 mars au 27 mai 1871.

657 **NADAR**. Sous l'incendie. *Paris*, *Charpentier* 1882, in-12 br. *Edition originale*. Net 3 fr.

658 **NAPOLÉON III**. 5 brochures en 1 vol. in-8, cart. Net 7 fr.
Liégeard. Le Crime du 4 Septembre. *Bruxelles*. 1871. Les courtisanes du second Empire. Marguerite Bellanger. *Bruxelles*, 1871. Avec la carte originale du mari de M. B. Révélations sur l'expédition du Mexique au point de vue financier. *Bruxelles*, 1869. Les Prussiens devant le chassepot par le Comte Poulizac. Paris 1870. — Papiers secrets de l'Empire. Le dossier du Nord.

659 **NEUKOMM** (Ed.). Les Prussiens devant Paris, d'après des documents Allemands. *Paris*. 1874, in-12 br. Net 2 fr. 50

660 **NIOX**. Expédition du Mexique, 1861-1867, récit politique et militaire. *Paris*, *Dumaine*, 1874, in-8, br. et atlas. Net 7 fr.

661 **NUIT** (La) du 31 octobre 1870 (par Bergass). *Paris*, *Lefèbvre*, 1870, br. in-4. Net 3 fr.
Rare. Avec une lettre authographe de l'auteur à Jules Favre.

662 **OLLIVIER** (Emile). Le 19 Janvier. Compte rendu aux électeurs de la 3e circonscription de la Seine. *Paris*, 1869, in-12 br. Net 3 fr.

663 **PAIN** (Ollivier. Henri Rochefort (Paris-Nouméa-Genève. *Paris*, *Périnet*, *s. d.*, fort vol. in-12, dem.-rel mar roug. *Port. couv*. Net 6 fr.
Exemplaire auquel on a ajouté un authographe d'Henri Rochefort.

664 **PALIKAO** (Gal Cousin de Montauban Cte de) Un ministère de la guerre de 24 jours du 10 août au 4 Septembre 1870. *Paris*, *Plon*, 1871, in-8, br. Net 3 fr. 50

665 **PAPIERS** secrets brûlés dans l'incendie des Tuileries, complément de toutes les éditions des Papiers et correspondance de la famille Impériale. *Paris*, *Lachaux*, 1871, in-12 br. Net 3 fr. 50

666 **PAPIERS** sauvés des Tuileries, suite à la correspondance de la famille Impériale publ. par R. Halt. *Paris*, *Dentu*, 1871, in-8, dem.-rel. Net 4 fr.

667 **PAPIERS** secrets et correspondance de la famille Impériale. *Paris*, *Imp. Nat.*, 1870, 2 vol. in-8, dem.-rel. chag. Net 10 fr.
— Le même ouvrage en livraisons. Net 7 fr.

668 **PAPIERS** secrets des Tuileries. Saisissantes révélations du carnet d'un vieux policier. *Londres*, *s. d.*, 2 vol. in-8 br Net 6 fr.

669 **PAPIERS** secrets et correspondance du second Empire. édition augmentée de nombreuses pièces recueillies par Poulet-Malassis *Paris*, *Ghio*, in-8 br. Net 5 fr.

670 **PAPIERS** et correspondance de la Famille Impériale. *Paris*, *Imp Nat.*, 1870, 2 vol. — Papiers sauvés des Tuileries, suite à la correspondance de la Famille Impériale par R. Halt. *Paris*, *Dentu*, 1871, ens 3 vol. in-8, demi rel. maroq coins, tête dorée n. rog. 18 fr.

671 **PARIS** brûlé, photographies d'après nature, monuments incendiés du 22 au 29 mai 1871. Album in-8 oblong. Net 6 fr.

672 **PASCHAL GROUSSET**. Le coup d'Etat de brumaire an VIII. *Paris*, *Le Chevalier*, 1869, in-12 br. Net 3 fr.

673 **PELLETAN** (Eugène). Lamartine, sa vie et ses œuvres. *Paris*, *Pagnerre*, 1869. — Jules Vallès, sa vie et son œuvre par L. Séché. *Paris*, 1886, ens. 2 pièces in-8, br. Net 2 fr.

674 **PELLETAN** (Eugène). Le 4 septembre devant l'enquête. *Paris*, *Pagnerre*, 1874, in-12 demi-rel. chag. Net 6 fr.
Envoi d'auteur à J. Favre.
— Le même, br. Net 3 fr. 50

675 **PELLETAN** (Eugène). Profession de foi du XIXe siècle. *Paris*, *Pagnerre*, 1864, in-8, demi-rel., mar. *Rare*. Net 6 fr.

676 **PELLETAN** (Eugène). Histoire des 3 journées de février 1848. *Paris*, *Colas*, 1848, in-8, demi-rel. mar. gr. Net 10 fr.
Très rare.
— Le même, br. Net 7 fr.

677 **PELLETAN** (Camille). Question d'histoire, le Comité central e la Commune. *Paris, Dreyfous*, 1879, in 12, cart. n. rog. Net 5 fr.

On a ajouté à cet exemplaire un autographe de l'auteur à Anatole de La Forge.

678 **PELLETAN** (Camille). Le théâtre de Versailles. L'assemblée au jour le jour du 24 mai au 25 février. *Paris, Dentu*, 1875, in-12 br. *Epuisé*. Net 4 fr.

679 **PELLETAN** (C.). La semaine de mai. *Paris*, 1889, in-12 br. Net 2 fr.

680 **PÈRE DUCHESNE**. N° 1, 7 mars 1871 au n° 68, 22 mai 1871. 68 n° en 1 vol. in-8, br. Net 6 fr.

Collection complète.

681 **PROCÈS BAZAINE**. Rapport du général de Rivière. *Paris, Dentu*, 1873, in-12 br. *Epuisé*. Net 3 fr.

682 **PERNY** (Paul). Deux mois de prison sous la Commune, suivi de détails sur l'assassinat de l'Archevêque de Paris. *Paris*, 1872, in-12 br. Net 2 fr.

683 **POILEUX** (Henri). Les rivaux séculaires, poésies républicaines et socialistes. *Paris, Dreyfous*, s. d., in-8, cart. *Envoi d'auteur à M. Dide*. Net 2 fr. 50

684 **PONLEVOY** (le P.). Actes de la captivité et de la mort des P. P. Olivant, Ducoudray, Caubert, Clerc, de Bengy. *Paris*, 1871, in-12, br. Net 2 fr.

685 **PORTALIS** (Edouard). Deux républiques. *Paris, Charpentier*, 1880, in-12 cart. *Envoi d'auteur*. Net 3 fr.

686 **POULLET** (Cel). Essai sur l'armée nouvelle. *Paris, Dentu*, 1872, in-12, br. Net 3 fr.

687 **POURCET** (Général). Campagne sur la Loire 1870-71. Les débuts du 16e corps. Le 25e corps. *Paris*, 1874, in-8, br. Net 3 fr. 50

688 **PROCÈS DES TREIZE**. Interrogatoire des prévenus. Réquisitoire du ministère public. Plaidoirie de Me Jules Favre. *Paris*, 1864, in 8, br. Net 2 fr. 50

689 **PROCÈS-VERBAUX** des séances, de la commission municipale provisoire, Septembre 1870-avril 1871. *Saint-Quentin*, 1871, in-8, br. Net 8 fr.

Rare et intéressant document, donnant les détails précis du siège de St-Quentin.

690 **PROUDHON** (P. J.). Les confessions d'un Révolutionnaire p s. à l'histoire de la Révolution de Février. *Paris*, 1849, in-4, cart. n. rog. Net 5 fr.

Exemplaire de M. Challemel-Lacour, avec des notes de sa main.

691 **QUESNOY** (Dr) Armée du Rhin. *Paris, Jouvet*, 1872, in-8, br. Net 3 fr.

692 **RANC** (A.). Sous l'Empire, roman de mœurs politiques et sociales. *Paris*, 1872, gr. in-8, cart. *Figures*. Net 3 fr. 50

693 **RAPPORTS** faits au nom de la commission d'enquête sur les actes du gouvernement de la Défense nationale, par le comte Daru (manque un morceau de la page 410). Emprunt Morgan. Expédition de l'Est (1872). Ensemble 3 vol. in-4, d.-rel. Net. 8 fr.

Rapports intéressants et rares aujourd'hui.

694 **RASPAIL** (X.). Relation de la guerre en Normandie. 1870-71. *Paris*, 1872, in-12 br. Net 2 fr.

695 **RECUEIL** complet des dépêches militaires allemandes pour servir à l'histoire de la guerre de 1870-71. *Paris*, 1871. in-12 br. Net 2 fr.

696 **RECUEIL** officiel des actes du gouvernement pendant la défense de Paris du 4 septembre 1870 au 28 février 1871. *Paris*, 1871, in-8 br. Net 3 fr.

697 **RENAULD**. Les crimes des Bonaparte, suivi d'un abrégé de l'histoire de France et de Napoléon aux enfers. *Paris*, 1874, in-4 br. Net 3 fr. 50

698 **RENDU** (Ambroise). Souvenirs de la mobile (6e, 7e et 8e bataillons de la Seine). *Paris, Didier*, 1872, in-12 br. *Epuisé*. Net 2 fr. 50

699 **LA REVANCHE** par le Gén. X *Paris*, 1885, in-12 br. *Epuisé* Net 3 fr.

700 **RIVIÈRE** (Armand). Le gouvernement de la Défense nationale à Tours. *Paris. Dentu*, 1871, in-12, br. Net 2 fr.

701 **ROBINSON**. The fall of Metz. An account of the seventy day's siège and of the battles which preceded it. *London*, 1871, in-8, cart. Net 5 fr.

702 **ROBOLSKY** (Hermann). Le siège de Paris raconté par un Prussien, trad. par W. Filippi. *Paris*, 1871, in-12, br. 2 fr.

703 **RODRIGUES** (Edgar). Le carnaval rouge. *Paris*, 1872, in-12, br Net 2 fr.

704 **RODRIGUES** (Ed.) Les volontaires de 1870. *Paris, Lévy*, 1874, in-12, demi rel. Net 4 fr.

705 **RODRIGUES** (Edgar). Le casque Prussien. Souvenirs anecdotiques de la guerre 1870-71. *Paris*, 1871. *Paris*, 1871, in-12, br Net 2 fr.

706 **ROGAT**. Les hommes du 4 septembre devant l'enquête parlementaire. *Paris, Lachaud*, 1874, in-12 br. Net 3 fr. 50

707 **ROLIN**. La guerre dans l'Ouest. *Paris, Plon*, 1874, in-8, br. *Carte*. Net 4 fr.

708 **ROME** (E. F.). Histoire de la guerre entre la France et la Prusse, 1870-71. *Paris, Morey*, 1872, in-8, demi-rel. *Figures*. Net 8 fr.

709 **ROSSEL**. Abrégé de l'art de la guerre, suivi de l'organisation militaire de la France. *Paris, Lachaud*, 1871, in-12 br. Net 2 fr. 50

710 **ROSSEL**. Papiers posthumes, recueillis et annotés par Jules Amigues. *Paris, Lachaud*, 1871, in-8 d.-rel. Net 4 fr.

— Le même broché. Net 3 fr.

710 *bis* **ROUQUETTE** (Jules). Histoire de la Commune révolutionnaire. *Paris*, s. d., in-8, br. figures. Net 2 fr. 50

711 **RUSTOW**. Guerre des frontières du Rhin 1870-71, trad. par Savin de Larclause *Paris*, 1871, in-8, br. Tome II Net 2 fr. 50

712 **RUSTOW**. Guerre des frontières du Rhin 1870 71. trad. par Savin de Larclause. *Paris*, *Dumaine*, 1871, in-8 br. *Cartes*. Net 5 fr.

713 **ST-GERMAIN** (T. de). La guerre de sept mois, résumé des faits militaires et des documents officiels relatifs à la guerre de 1870-71. *Paris*, 1871, in-12 br. Net 2 fr. 50

— Le même, demi-rel Net 3 fr.

714 **SARAZIN** (G.). Récits de la dernière guerre Franco-Allemande (du 17 juillet 1870 au 10 février 1871). *Paris*, 1887, in-12 br. Net 2 fr. 50

715 **SARCEY**. Le siège de Paris. Impressions et souvenirs. *Paris, Lachaud*, 1871, in-12 br. Net 3 fr.

716 **SARREPONT** (H. de). Histoire de la défense de Paris en 1870-1871. *Paris, Dumaine*, 1872, in-8, demi-rel. Net 3 fr. 50

717 **SCHŒLCHER** (V.). Le gouvernement du Deux Décembre. *Londres, Jeffs*, 1853, in-12, d.-rel. bas. Net 4 fr.

718 **SCHULER**. Journal d'un Suisse pendant le siège de Paris. *Bienne*, s. d., in-12, demi-rel. chag Net 4 fr.

719 **SIGNOURET** (Raymond). Souvenirs du bombardement et de la capitulation de Strasbourg. *Bayonne*, 1872, in-12 br. Net 3 fr.

720 **SIMON** (Ed.). Histoire du Prince de Bismarck. 1847-1887. *Paris, Ollendorff*, 1887, in-8, cart. Net 4 fr.

721 **SIMON** (Jules). Souvenirs du 4 Septembre, édition illustrée de scènes dessinées par Vierge, A. Marie. 1 vol. in-8, d.-rel. Net 6 fr.

722 **SIMOND** (Lieutenant E.). Le 28e de Ligne, historique du régiment d'après les documents du ministère la Guerre. (*Rouen*, 1889), in-4 br. (15 fr.) Net 8 fr.

723 **SORIN** (Elie). Les Martyrs du siège de Paris. *Paris, Lacroix*, 1872, in-12 br. Net 2 fr. 50

724 **SOUVENIRS** sur Léon Gambetta 1838-1882, illustrations de Régamey. *Paris, Tolmer, s. d.* — Blessure et maladie de Gambetta. Relation de l'autopsie par MM. Lannelongue et Cornil. *Paris*, 1883, en 1 vol. in-8, cart. *Planches*. Net 4 fr.

725 **SOUVENIRS** numismatiques de la Révolution de 1848. Recueil complet des médailles, monnaies et jetons qui ont paru en France depuis le 22 février jusqu'au 20 décembre 1848. *Paris, Rousseau, s. d.*, in-4, demi-rel. maroq. tête dorée, n. rog. *60 planches* Net 10 fr.

726 **STAEHLING** (Charles). La mission suisse à Strasbourg pendant le bombardement en septembre 1870. *Strasbourg*, 1874, in-8 br. *Photographies*. Net 3 fr. 50

727 **STELLI**. Les nuits et le mariage de César. *Jersey*, 1858. Les deux cours et les nuits de St-Cloud. Mœurs, débauches et crimes de la famille Bonaparte 1870 En 1 vol. in-18. cart. Net 3 fr.

728 **STRASBOURG**. Journal des mois d'août et septembre 1870, siège et bombardement, avec correspondance, pièces officielles, documents français et étrangers. Réponse au conseil d'enquête, par une réunion d'habitants et d'anciens officiers. *Paris, Sandoz et Fischbacher*, 1874, in-8 br. *Plan et photographies*. Net 6 fr.

729 **TABLETTES** quotidiennes du siège de Paris raconté par la lettre-Journal, réimpression suivie d'une table analytique par D. Jouaust *Paris*, 1871, broch in-8. Net 1 fr.25

730 **TÉLÉGRAMMES** militaires de L. Gambetta documents officiels publ. par G. d'Heylli. *Paris, Beauvais*, 1871, in-12 br. Net 2 fr.

731 **TÉNOT**. Les suspects en 1858, étude sur l'application de la loi de sûreté générale *Paris*, 1869, in-12 br. Net 2 fr.

732 **TÉNOT** (E.). Campagnes des armées de l'Empire en 1870. Etudes critiques. *Paris*, 1872, in-12 br. Net 3 fr.

733 **TÉNOT**. La Frontière 1870-1882. *Paris, Germer-Baillière*, 1882, in-8 br. Net 5 fr.

734 **TÉNOT** Etude historique sur le coup d'Etat. Paris en décembre 1851. *Paris*, 1869, in-12 br. Net 1 fr. 50
— Le même in-8 br. Net 2 fr. 50

735 **TÉNOT** (Eug.). La Province en décembre 1851. Etude historique sur le coup d'Etat. *Paris*, 1868, in-8 br. Net 2 fr. 50

736 **TÉNOT**. Paris en décembre 1851. *Paris*, 1868. La Province en décembre 1851. *Paris*, 1868, en 1 vol. in-12, demi-rel. Net 3 fr. 50

737 **TÉNOT** (Eugène). Paris en décembre 1851. Etude historique sur le coup d'Etat *Paris, Le Chevalier*, 1868, in-8, demi-rel. Net 2 fr. 50

738 **TISSANDIER** (G.). En ballon pendant le siège de Paris, souvenirs d'un aéronaute. *Paris, Dentu*, 1871, in-12, relié parch. Net 3 fr.

739 **TRAVAUX** d'investissement exécutés par les armées allemandes autour de Paris. 5 parties en fascicules in-8. Net 4 fr.
Texte seul.

740 **LES 31 SÉANCES** officielles de la Commune, publ. par la Revue de France. *Paris*, 1871, in-12 br. Net 2 fr.

741 **TROCHU** (Général). Pour la vérité et pour la justice. Pétition à l'Assemblée nationale et réponse aux rapports de MM. St-Marc Girardin, Chaper et de Rainneville *Paris, Hetzel*, in-12, demi-rel. chag. Net 3 fr.
— Le même br. Net 2 fr. 50

742 **TROCHU** (Général). La politique et le siège de Paris. Deuxième pétition. Réponse à M. le Cte Daru. *Paris, Hetzel*, in-12, demi-rel. chag. Net 3 fr. 50
— Le même br. Net 2 fr. 50

743 **TROCHU** (Général) L'Empire et la défense de Paris devant le jury de la Seine *Paris, Hetzel*, 1872, in-8, dem.-rel. chag. Net 6 fr. 50

744 **TROCHU** (Général). L'Empire et la défense de Paris devant le jury de la Seine. Introduction et conclusion. *Paris, Hetzel*, 1872, in-8 br. Net 4fr. 50

745 **TROIS MOIS A L'ARMÉE** de Metz par un officier du Génie. *Bruxelles*, 1871, in-12, br. Net 2 fr. 50

746 **UHRICH** (Général). Documents relatifs au Siège de Strasbourg. *Paris, Dentu*, 1872, in-8 br. Net 3 fr.

747 **VENDEX** (V.). Les passe-temps secrets de Napoléon III. *Londres*, 1871, in-12 br. Net 3 fr.

748 **VÉRITÉ** (La) sur la Commune par un ancien proscrit. *Paris, Salmon*, gr. in-8 cart. Net 4 fr.

749 **VERMERSCH**. Le grand testament. *Paris, l'Auteur*, 1868, in-12 br. Net 2 fr. 50
Envoi d'auteur.

750 **VERMERSCH** (Eugène). Les Binettes rimées, dessins de L. Petit et Régamey. *Paris, s. d.* — Les hommes du jour. *Paris, Madre, s. d.* Ens. 2 pièces rares br. Net 3 fr. 50

751 **VERMERSCH** (Eugène). Collection complète du Père Duchêne, 68 numéros Le fils du Père Duchêne (complet) 10 numéros illustrés. Ens. 1 vol. in-8 d.-rel. veau rouge, dos orné avec fers maçonniques. *Rare*. Net 20 fr.
On a ajouté à ces exemplaires le portrait en couleurs de Vermersch, les couvertures illustrées et sur papier de couleurs du Père Duchêne et une affiche annonçant l'apparition de ce journal.

752 **VERMERSCH** (E.). Le Latium moderne, lettre à un étudiant en droit. *Paris, Sausset*, 1864. — Saltimbanque et pantins, réponse au syllabus de M. A. Weill. *Paris, Sausset*, 1865. — Maison Victor Hugo et Cie, 1842 et 1871, par J. P. Bic (de l'Ariège). *Paris, Lachaud*, 1871, 3 pièces in-8 br. Net 2 fr. 50

753 **VERMOREL**. Les hommes de 1851, histoire de la présidence et du rétablissement de l'Empire. *Paris*, 1869, in-12 br. Net 3 fr.

754 **VÉRON** (Dr L.). Nouveaux mémoires d'un bourgeois de Paris sous le second Empire. *Paris*, 1866, in-8 br. *Epuisé*. Net 6 fr.

755 **VIDIEU** (l'Abbé). Histoire de la Commune de Paris en 1871. *Paris, Dentu*, 1871, in-8 br. Net. 6 fr.

756 **VILBORT** (J.). L'œuvre de M. de Bismarck, 1863-1866. Sadowa et la campagne des sept jours. *Paris, Charpentier*, 1869, in-12 br. *Epuisé et rare*. Net 5 fr.

757 **VILLAUMÉ**. L'esprit de la guerre, principes nouveaux du droit des gens, de la stratégie, de la tactique et des guerres civiles. *Paris*, 1877, in-12 br. Net 1 fr. 50

758 **VILLEFRANCHE**. Histoire du général Chanzy. *Paris, Bloud et Barral*, in-8 cart. Net 4 fr. 50

759 **VILLETARD**. L'insurrection du 18 mars, extraits des dépositions recueillies par la commission d'enquête. *Paris*, 1872, in-12 br. Net 2 fr.

760 **VILLIERS** (L. de) et G. de **TARGES**. Tablettes d'un mobile, journal historique et anecdotique du siège de Paris du 18 septembre 1870 au 28 janvier 1871. *Paris*, 1871, in-12 br. Net 3 fr.

761 **VINOY** (Gal) Siège de Paris. Opérations du 13e corps de la troisième armée. *Paris, Plon*, 1872, in-8 demi-rel. chag. Net 5 fr.

762 **VITU** (Auguste). Le Lendemain de l'Empire. *Paris*, 1874, in-12 br. Net 2 fr. 50

763 **VON DER GOLTZ** (Baron Colmar). Gambetta et ses armées. *Paris*, 1877, in-12 demi-rel. Net 3 fr. 50

764 **LES VOSGES** en 1870 et dans la prochaine campagne par un ancien officier de chasseurs à pied. *Rennes, Caillière*, 1887, in-8, br. Net 3 fr.

765 **WIMPFEN** (Gal de). Sedan. *Paris, Lacroix*, 1872, in-8 demi-rel. Net 4 fr.

766 **YRIARTE** (Ch.). Les Prussiens à Paris et le 18 mars. *Paris, Plon*, 1871, in-8, cart. Net. 3 fr.

— Le même br. Net 3 fr.

767 **YRIARTE** (Ch.). Les Prussiens à Paris et le 18 mars. *Paris, Plon*, 1871, in-8, demi-rel. chag. Net 4 fr.

768 **NAPOLÉON Ier**. Commentaires. *Paris, Impr. Impér.*, 1867. 6 vol. gr. in-8, demi-rel. Net 150 fr.

Ouvrage très rare et recherché.

CARTES POSTALES ILLUSTRÉES

PARIS. 20 cartes postales en couleurs représentant les principaux monuments. Net . . 2 »

VUES DES DÉPARTEMENTS (250 vues), la douzaine . . . . 1 »

— — le cent. 7 50

VUES DE LA PROCHAINE EXPOSITION UNIVERSELLE DE 1900 (20 vues), la douz. . 1 »

— — — — — — le cent. . 7 50

TRÈS JOLIE COLLECTION de 12 cartes postales artistiques de motifs décoratifs par Mucha. 1re série. Net. . . . . 2 »

2e série. 12 motifs décoratifs. Net . . . . 2 »

CARTES POSTALES MILITAIRES. 6 motifs d'aquarelles. 0 80

— **PARISIENNES**. 6 compositions de Wély. 0 80

— **POMPADOUR**. 12 très jolis modèles variés. 1 60

L'ARMÉE FRANÇAISE. Infanterie, Cavalerie, Artillerie, Génie, Chasseurs à pied, Chasseurs Alpins, Gendarmes, etc. 150 cartes postales, scènes prises à la caserne, à l'exercice, aux manœuvres, aux revues, d'après les clichés de Bellieni. Net . . . . 10 »

TYPES RUSSES. 75 sujets en phototypie. Net. 7 50

LES PARISIENNES

Cartes postales illustrées par Henri BOUTET.

Chaque série se compose de 4 cartes postales enluminées et retouchées à la main.

PRIX : 0 FR. 60

1 L'hiver.
2 Silhouettes Parisiennes.
3 — 2e série.
4 Sur les Plages.
5 Aux Bains de mer.
6 En Automobile.
7 Bicyclettes.
8 Paysages Parisiens.
9 Ouvrières Parisiennes.
10 Où elles vont.
11 Croquis d'enfant.
12 Danseuses.
13 Têtes de femmes.
14 Liseuses.

Curieuse et intéressante collection sur la vie Parisienne, l'exécution de ces cartes enluminées et retouchées à la main, garde au dessin et au croquis tout son intérêt d'art.

SOLDES

Suite de 20 dessins de BAYARD pour illustrer les Œuvres de BOILEAU

Très belles planches, format 20×28. Au lieu de **10** *fr. Net* **3,50**

AMÉRIQUE. 6 planches, format 40×29.

Poney-Post. Lincoln recevant les Indiens comanches. Enlèvement de la femme d'un colon. Camp Indien. Indien revenant du marché et la Marchande de charbon. Le Porteur d'eau et le Potier.

Au lieu de 6 francs . . . . net **1 fr. 25**

ITALIE. Collection de 7 jolies planches, format 40×29.

Moissonneurs, environs de Bassano. Bouquetières à Florence. Madone de l'église St-Augustin. Jeu de la Morana, à Bologne. Les Barquettes, à Gênes. Environs de Rome. Le Corricolo.

Au lieu de 7 francs. . . . . net **1 fr. 75**

LE RHIN. 7 charmantes planches, format 40×29.

Auberge allemande. Assendelft. Marché à Bopport. Place du Palais des Comtes, à Gand, Nord-Hollande. Zuyderzée. Un marché en Tyrol.

Au lieu de 7 francs. . . . . net **1 fr. 75**

SUJETS RELIGIEUX. Collection de 9 planches, format 32×45

Sainte Geneviève. Sainte Thérèse. Sainte Blanche de Castille. Sainte Catherine de Sienne. Sainte Paule et Sainte Eustoquie. Sainte Dorothée. Sainte Clotilde. La Samaritaine. La fille de Jephté.

Au lieu de 9 francs. . . . . net **1 fr. 25**

ALBUM, contenant 10 fusains montés sur bristol, format 25×32, titre or. Superbes épreuves de Smith.

Les Hirondelles sous les saules. Pêcheur en bâteau. En route pour la Chasse. Une Péniche au repos. Les Bords du grand lac. La Mare aux Canards. L'Étang de Chaville. Un Lavoir en rivière. Paysage d'hiver, et un Clocher de campagne, effets de neige.

Au lieu de 10 francs . . . . net **3 fr. 50**

20 FUSAINS, en un carton portefeuille, titre or, chaque sujet monté sur bristol, format 33×50.

Acker : Fossés de forteresse, à Petro-Pawlosk. — Bach-Watch : Étude d'arbres et de roches. — Barrias : Tête de moine. — Beaumetz : Croquis militaires. — Crespelle : Marine. — Dieu : Sous Bois. — Ducaruge : Les Bords de l'Ain (Loire) ; Les bords du Furens, effets de neige. — Lalanne : Pont rustique. — Lapostolet : Un coin de port. — Photographie : Forêt de Fontainebleau. — Simon : Étude de rochers ; Les Roseaux. — Smith : La rivière d'Arques, à Dieppe ; Étang de Gisors ; Sentier Saint-Charles, près Gisors ; Bords de l'Epte, à Gisors. — Thirion : Étude de pied et de main ; Étude d'homme tirant un câble. — Vignal : Vue de parc.

Au lieu de 42 francs . . . . net **6 fr. 75**

LES GRANDS MONUMENTS DE PARIS

Reproduits par la Phototypie.

Chaque planche format 50×65. Au lieu de 6 fr., net . . . . **1 fr.**

Notre-Dame de Paris (côté droit).
Église de la Madeleine.
Église de la Trinité.
Église Saint-Augustin.
Église Saint-Vincent-de-Paul.
Église Saint-Laurent.
Place de la Concorde.
Opéra (façade).
Parc Monceau (la Colonnade).
Porte Saint-Martin.
Théâtre de la Renaissance.

TABLEAUX MODERNES REPRODUITS PAR LA PHOTOTYPIE

Chaque planche, au lieu de 10 fr., net. . . . . **1 fr.**

Claris. *La Corvée du vin*. 56×44.
Frère. *L'Exercice*. 56×44.
Protais. *Le Drapeau de l'Armée*. 63×44.
Roll. *La Grève des Mineurs*. 72×55.

ŒUVRES DE GAVARNI

Suites pouvant orner les ouvrages ci-dessous désignés :

Gil Blas de Santillane. Collection de 20 planches, format 32×45. Au lieu de 30 fr., net. . . . . **6 fr.**

Les Mille et Une Nuits. Recueil de 20 planches, 32×45. Au lieu de 30 fr., net. . . . . **6 fr.**

Robinson Crusoé. 16 charmantes planches, format 32×45. Au lieu de 24 fr., net. . . . . **5 fr.**

Voyages de Gulliver. Jolie suite composée de 16 planches, format 32×45. Au lieu de 24 fr., net . . . . . **5 fr.**

LA CATHÉDRALE DE REIMS

Magnifique Album format in-folio, titre or, contenant 20 planches, reproduction des plus beaux motifs d'architecture du monument. Au lieu de 40 fr. . . . . net **15 fr.**

Il nous reste un exemplaire contenant 32 planches . . . . net **20 fr.**

Grande Imprimerie du Centre. — Herbin, Montluçon

www.ingramcontent.com/pod-product-compliance
Lightning Source LLC
LaVergne TN
LVHW052013160826
845678LV00003B/1035

* 9 7 8 2 3 2 9 6 4 3 6 5 6 *